Opal
オパール文庫

潔癖な理系御曹司だと思ったら、夜はケダモノでした。

槇原まき

JN210662

プランタン出版

※本作品の内容はすべてフィクションです。

プロローグ

早乙女《さおとめ》一華《いちか》は悩んでいた。おおいに悩んでいた。もう悩みに悩みすぎて、最近よく眠れない。

（どうしよう……どうしよう……ついにこの日が来ちゃった……）

隣の運転席でハンドルを握る男――真嶋正《まじまただし》の横顔を見つめただけで、思わず桃色のため息がこぼれてしまう。

（はぁ……正さん、やっぱり素敵……）

高い鼻梁《びりょう》に薄い唇。目は少し細めで鋭いが、彫りの深い端整《たんせい》な顔立ちでものすごく一華好みだ。どうかすると時代遅れになりがちな七三分けも、彼はゆるく今風に纏《まと》めていてよく似合っている。

清潔感はピカイチ。背は高いし、スーツ姿も最高だが、車の運転をしているときの彼はまた格別だ。ドキドキしてしまう。できることならずっと見ていたい。

そんな一華の視線に気が付いたのか、正が話し掛けてきた。

「いい物が買えましたね」

「ええ……使うのが楽しみです……」

横顔をじっと見ていたことを正本人に気付かれたのが恥ずかしくて、一華は伏目がちにはにかんだ笑みを浮かべた。膝の上に載《の》せた紙袋の中には、さっきデパートで彼と買ったばかりの夫婦茶碗《めおとぢゃわん》が入っている。

あいお銀行の名誉会長である一華の祖父が、山ほどあった縁談の中から選びに選び抜いてくれた一華の婚約者が彼だ。

お見合いで出会って一年。結婚を前提として、清らかで穏やかな親交を重ねてきた。そして今日から、彼のマンションで一緒に住むことになっている。所謂《いわゆる》、結婚前のお試しだ。

しかし、正が一華に触れてきたことなんか一度もない。文字通り一度もだ。

もちろん、セックスもない。

セックスどころかキスもまだで、手を繋いだことさえないのだ。

なのに結婚の話は着実に進んで、婚約もして、結納もして、一緒に住むところまで来てしまった。

（どうしよう……ドキドキがとまらないよ……正さんと一緒に暮らすなんて……わたし、

わたし……なんて言えばいいの？　ちゃんと、できるの……？『お願い』なんて……）

膝に抱えた紙袋を握る手に自然と力が入る。

ドコドコと響く車の排気音が、自分の心臓の音とシンクロしている気がして一華は落ち着かない。彼のマンションまであと十分もすれば着いてしまうのだ。

そうしたら完全にふたりっきりで——

（こんな『お願い』なんかしたら、正さんにハ、シ、タ、ナ、イと思われるんじゃ……）

悩みはこれだ。彼に「お願い」がある。しかも、必ず言わなくてはならない「お願い」だ。問題はいつ言うか、なのだが……そのタイミングはきっと早いほうがいい。だからちゃんと作戦だって立ててきた。

さも貞淑《ていしゅく》そうな顔をして正の横に座っている一華が、こんな破廉恥《はれんち》なことを必死に考えているなんて、お釈迦様《しゃかさま》でもご存知あるまい。内心ではもう冷や汗ダラダラだ。

ふたりっきりになったときのことを考え、何度も何度も作戦をシミュレーションし、緊張のあまりゴクッと生唾を呑んだとき、信号でとまった車内で、正が不意に一華のほうを見た。

「一華さん。僕たちは今日から一緒に住むわけですが——」

「あ、はい！」

正はずいぶんと真剣な表情だ。彼が大切な話をしようとしていることが雰囲気でわかる。

家に着いてからではなく、今というのが気になったが、もしかすると急を要することなのかもしれない。

一華は身体ごと彼に向き直って、真摯《しんし》に耳を傾けた。

そうして至極真面目な顔をキープしたままの彼の口から飛び出してきたのは——

「——セックスしてみませんか？」

「……………え？　せっ、せっ、く——っ～～～～!!」

どストレートなひと言を浴びせられた一華が真っ赤になって目を見開くのと、膝の上に載せていた夫婦茶碗が滑り落ちて足元でガチャンと音を立てたのは、ほぼ同時だった。

セックスしてみませんか？

「ええっ！　付き合って一年も経ってるのに、えっちしてないぃ!?　結納もして、来週から一緒に暮らそうってのに？　は？　手も繋いだことがない？　ウソでしょ？　信じらんない、中学生じゃないのよ？　あの野郎、ちゃんとキンタマ付いてんのかしら？」

妹のあけっぴろげすぎる言い方に言葉も出ない。一華は目も口もポカンと開けて、次の瞬間には頬を薄く染めていた。

「え……き、きん……？　つぐちゃんえっと……？」

「意気地のない男に対するただの慣用句よ、気にしないで」

二歳年下の妹、二美《つぐみ》は、つぶらな瞳で可愛らしい顔をしているのに、時々恐ろしく辛辣《しんらつ》な物言いをする。ここは一華の部屋だし、他には誰もいないから大丈夫だが、両親や厳格な祖父に聞かれたら大目玉を喰《く》らいそうだ。

二美は「はぁ」と露骨《ろこつ》なため息をついてから、呆れた眼差しを向けてきた。

「ったく、この一年なにしてたのよ。結構頻繁《ひんぱん》に会ってたじゃない」

「うん。正さんはいつもお忙しいだろうに、わたしのために素敵なデートプランを立ててくださるの。この間なんかは考古学博物館に連れていってくださったのよ。正さんってとても博識でいらして、縄文《じょうもん》文化にも造詣《ぞうけい》が深くってね――」

「考古学ぅ⁉　ありえないわ！　あの野郎、埴輪《はにわ》なの⁉　縄文文化より現代文化を学べってのよ。もっとムードがある場所が山ほどあるのにそのチョイスはなんなの？　中学生が初めて立てるデートプランでももっとマシなところを選ぶわよ。どうせあの男がひとりで延々《えんえん》と小難しいことばっか喋ってるんでしょ」

露骨な舌打ちと共に、おそらく正に対してであろうツッコミを受けた一華は、ふんわりと微笑んで訂正した。

「つぐちゃん。埴輪は弥生《やよい》時代よ。縄文時代は土偶《どぐう》ね。土偶は女性を象《かたど》ったものだから、正さんのことを言うならなんかちょっとだいぶ違うかも。あ、でも、たくさんお話をしてもらったのは間違いないかな。つぐちゃんすごいなぁ。正さんのこと、よくわかってる」

「いやぁああ！　一華、縄文文化なんかに染まらないで！　ってか、あんな真面目だけが取り柄の男に染まらないでぇ！」

えらい言われようだ。第一、二美がなぜ正を埴輪だなんて言ったのかよくわからなかったのだが、なんとなくよくないたとえのような気がしたから聞くのはやめておく。

両肩を掴んできた二美に激しく揺さぶられた一華は、困った顔で小首を傾げた。

「その……ぇ、えっち、って……、しないとダメかしら？」

素朴な疑問である。

正との仲は極めて良好で、二美がありえないと言った考古学博物館デートも一華はとっても楽しめた。彼の解説は素晴らしくわかりやすかったし、博識で素敵だなぁなんて惚れ直したくらいなのだから。

確かに正は真面目な人だし、一緒にいて大声で笑うような賑やかさもなければ、表情豊かとも言えないが、紳士的だしとても優しい。

旧帝大の経済学部出身の二十九歳。頭脳明晰《ずのうめいせき》で、人柄は真面目で誠実そのもの。総合海運輸送グループを経営する真嶋の副社長で、彼が建設した日本海側最大級の大型自動倉庫は、多品種商品の在庫管理を数人で行い、納品のスピード化と物流コスト圧縮に大幅に成功。かなりの利益を上げているのだとか。国内以外にも、中国や東南アジアを中心に拠点を持ち、海外販路も拡大中だ。それも全部、正の手腕《しゅわん》によるところが大きい。

普段は人に厳しい祖父がそう褒めに褒めるものだから、実際に会うよりも前から、一華は正に対して、ふわふわとした好意のようなものを持っていた気がする。無論、顔を合わせてからも縁談を断るような要素もなかった。

あっさりした塩顔で目つきが鋭いせいか、睨まれているように感じるときもあるが、あいうのは切れ長の目というのだろう。

仕事に一生懸命なところも尊敬しているし、なにより知的で礼儀正しい紳士だ。なんの取り柄もない一華は、彼に憧れていると言ってもいい。

自分たちは気が合っているし、この一年一緒にいて苦痛など感じたこともない。彼のちょっと難しい話を聞くのも楽しい。

だからこのまま結婚しても大丈夫だと思っていたのだが——

「ダメよ！　絶対にダメよ！　ダメに決まってるじゃない!!」

鋭く言い放った二美は、一華の肩を摑む手に力を込めて断言してきた。

「寝てみないとわからないことってあるのよ。正さんが変態だったらどうするの？」

「えっ？　へ、へんたい……？」

それは一度も考えたこともなかったことで、一華はきょとんとしてしまった。そこに、二美が怒濤《どとう》の勢いで畳み掛けてくる。

「そうよ変態よ。世の中ね、いろんな性癖《せいへき》の人がいるんだから！　怪しげなおもちゃを使う人とか、叩いて悦《よろこ》ぶ人、縛る人もいるんだよ？　そういうのって普段抑圧《よくあつ》されている真面目な人ほど多いって言うし、結婚するつもりなら尚更、ちゃんと一回は寝てみないと！」

「そ、そうなの？」

怪しげなおもちゃとはなんだろう？　よくわからなかったが、叩かれたり縛られたりなんて、そんな暴力を振るわれるのはいやだ。

正のことは尊敬しているし、そんなことをする人だとは思いたくない。だが、真面目な人ほど――だなんて言われてしまうと、急に不安になってくる。

普段がどんなに素晴らしくても、そんな趣味の人とは結婚なんてできない。無理だ、怖すぎる。

「私に言わせてみれば、食事の趣味嗜好を確かめることと、身体の相性やベッドの趣味を確かめることの重要性はそう変わらないわ。だって、両方とも一緒にすることなのよ？　食卓を共にして、クチャラーじゃないか、箸の使い方はどうか、唐揚げに無断でレモンをかけないかどうか確認したでしょ？　それと同じよ。ベッドを共にして、許容不可能な変態趣味がないかどうか確認するのよ。こういうのは相性の問題なの。初めに言ったおもちゃを使う人も、叩く人も縛る人も、同じ趣味の相手からすれば変態じゃなくてベストパートナーなわけよ。唐揚げにレモンぶっかけるのが大好きな者同士なら、無断でかけてもトラブルにはならないで、むしろ気が利くってものよ。和気《わき》あいあいとおいしくご飯を食べ終えるでしょ？　私ならブチ殺す勢いだし、二度とそいつとは食卓は囲まないけどね！　いい？　結婚してから合わないことが発覚したら、逃げるの大変なんだよ!?　むしろ逃げられないかもしれないんだよ？　わかってる？」

唐揚げにレモンのくだりでは相当な怨嗟《えんさ》を感じたものの、二美の話はわかりやすかった。つまりは唐揚げにレモンも考古学博物館デートと同じだ。一華はいいと思ったが、二美はダメだと思った。それがベッドでも起こりうるということか。

「女はいつか必ず勝負に出なきゃなんないのよ。それが一華は今なのよ！」

「そ、そうね……。ふたりですることだもんね……」

「ああ、複数でするのが好きな人もいるけどね」

「えっ？」

なんだかすごいことを言われた気がして思わず聞き返してしまう。が、二美は「んん～？」なんて笑うばかりだ。そんな妹に、一華は恐る恐る尋ねた。

「ねぇ、つぐちゃんは、その……し、したことって、あるの？」

「あるよー」

二美は軽く答えると、一華のベッドに腰を下ろした。脚をぷらぷらとさせながら笑っている。その表情がいつも以上に大人びて見えて綺麗だったし、自分の知らない妹がいることにもショックで、どこか寂しい気持ちにもなる。

「……痛かった？」

隣に座ると、二美が肩を凭《もた》れさせてきた。

「痛かったよ。好きな人とじゃないとちょっと許せない痛みね。一華は正さんのこと、好きなの？　こんなの政略結婚じゃない。私ならいやよ。嫌いなら嫌いって早く言っちゃいなよ」

確かに正との結婚には、それぞれの家の思惑《おもわく》がある。

総合海運輸送グループを経営する真嶋家は、継続的な融資《ゆうし》を行ってくれる銀行とのパイプを強くしたい。銀行を経営する早乙女家は、国内における新規貸出金利が引き続き低下傾向にある以上、生き残りの肝《きも》である海外貸出業務の顧客《こきゃく》である真嶋家を逃したくない。そんな両家の利害が一致した結果で、そこは否定しようのない事実だ。でも彼のことが嫌いかというとそうじゃない。

一華は同じように妹に凭れて柔らかく目を伏せた。

「ううん、嫌いなんかじゃないわ。大好きよ？　素敵な人だと思ってる。わたし、おじい様にお見合いをと言われたときには驚いたけど、今では感謝してるの。だって、わたしが自分で正さんみたいな素敵な人を見つけてお付き合いできるかと言ったら、それは無理だもの」

正に対して抱《いだ》いているこの気持ちは間違いなく好意だろう。正は完璧な男の人だと思う。その完璧さが一華には眩《まぶ》しい。

他の男の人に、彼ほどの好感と憧れを持ったことはない。

頬を染めてふんわりと笑う一華を見ながら、二美は嘆息《たんそく》まじりに眉を上げた。

「ふぅん？　一華はおじいちゃんっ子だから断れないのかと思ったけど、そーゆーわけじゃないのね。まぁ、確かに一華ってば内気だし、世間知らずだし、悪い男に引っかかる可能性のほうが高そうだし、考えようによっては、身元が確かな男なだけマシか……。正さんって、ちょっと変わってるけど、結構頭いいらしいし、悪い人じゃないはずだもんね。一華が正さんを気に入ってるなら私も応援する。一華の言う『大好き』って、なんかこう、博愛的《はくあいてき》な感じがしないでもないケド……」

最後のほうはモソモソとした言い方ではあったが、二美が応援してくれるというのが嬉しくて、一華はにっこりと微笑んだ。

自分が内気なのも世間知らずなのも全部本当のこと。一華《じぶん》はこんな性格なのに、二美《いもうと》は一八〇度違うんだから姉妹《しまい》というものは不思議だ。

二美は明るいし、はっきりものを言うし、いつもキビキビしているから、自分で素敵な男の人を見つけることができるんだろう。きっと、大学でもモテモテに違いない。

「ねぇねぇ、つぐちゃんは恋人がいるの？　初めての人はその人？」

「そうよ。もう結構長いかな。みんなには内緒よ？　特におじーちゃん。絶対にうるさいんだから。『早乙女家に相応《ふさわ》しい男でないとイカン！』とか言っちゃいそうじゃない？」

祖父の口調を真似る二美がそっくりで、おかしくって思わず笑ってしまう。一華には激甘な祖父だけど、ポンポンと物を言う二美には少々厳しいのだ。

「ふふふ。わかった。内緒にしとくね。それで……どんな人？　大学の人？」

「唐揚げにレモンかけない人よ」

「そこ大事なんだ？」

「私的には超大事」

姉妹でひとしきり笑い合ったあとに、二美が急に眉を下げた。

「一華はおっとりしすぎてるから心配。おじーちゃんが言うからって仕事まで辞めてさ」

一華は大学を卒業してから、花嫁修業の一環《いっかん》で、父親が頭取《とうどり》を務《つと》めるあいお銀行で窓口業務の仕事をしていたのだが、正との同棲《どうせい》が決まってからすぐに辞めた。結婚したら家庭に入るようにと、祖父が言ったからだ。

「正さんに遠慮《えんりょ》とかしちゃだめ。結婚するなら特によ。一華は我慢強いし、溜め込むから心配よ。いやなことはいやってちゃんと言って。ひどいことされたら逃げて。今どき婚約破棄《はき》なんて屁でもないんだから」

「うん。わかったわ。ありがとう、つぐちゃん。まずは結婚前に、正さんと……その……してみる！」

——そう宣言したのだが……

「あなたとセックスがしたいです」だなんて、自分から言えるはずがない。

それにもしかすると、入籍《にゅうせき》やお式《しき》を終えるまで、正は一華に手を出すつもりはないのかもしれない。彼はかなり几帳面《きちようめん》な性格だから、ヴァージンロードをヴァージンで歩かせてやろうという意図《いと》があったとしてもおかしくないのだ。

しかしそれでは困る。二美が言うように「結婚前に」彼の性癖を知っておきたい。

もしも正がベッドの上では暴君《ぼうくん》だったら……このご縁をなかったことにしたほうがいいかもしれないから。


チャンスは今しかない——そうわかってはいるのだが、具体的になにをどうすればいいのかがわからない。悩んだ末に二美に相談すれば、

「大丈夫、大丈夫。誘うのなんて簡単よ。隙《すき》を見て抱きつけばいいのよ。そんで、『お願い』ってひと言言えばいいの。そのとき、胸を押し付けるのを忘れないで。ブラのチラ見せも効果的よ。一華のFカップ攻撃を喰らって平静でいられる男なんかいるもんですか！」

なんて簡単に言われてしまった。


それが実行できたらどんなにいいか……

(下着を見せて抱きついて誘う？　そんな変質者《へんしつしや》みたいなことをしたら、正さんに嫌われてしまうんじゃ……)


不安しかない。しかしながら、自分たちの仲を進展させたい気持ちは確かにあるのだ。

ここは二美の言う通りにしたほうがいいのか？

でも——

と、このような具合で決心の付かぬまま、正との同棲がはじまる日を迎えてしまった。

今日の装《よそお》いは、二美が選んでくれた襟《えり》ぐりが大きなざっくり編みのニットワンピース。下着も二美セレクトだ。彼女が勧めてくる下着はどれも布面積が小さくて困ってしまう。その中でも一番控えめな下着を選んでみた。ブラジャーとショーツがセットになったもので、透け感のある白の総レースだ。サイドがかなり細い。同棲のために下着を全て新しいものに買い替えたのだが、どれもこれも一華の趣味とは程遠い。

一華は二階の自分の部屋で、姿見《すがたみ》を覗きながら腰回りを撫でた。

「ねぇ、つぐちゃん。やっぱりいつもの下着に替えちゃダメ？　落ち着かないし、服もなんだか胸元が気になるよ」

不安もあらわに振り返ると、ライティングデスクの椅子に座って優雅《ゆうが》に紅茶を飲んでいた二美の目が一気に吊《つ》り上がった。

「ダメよ！　一華の下着はババ臭《くさ》いわ。お臍《へそ》まで隠れるパンツってなによ。どこで買ってたの。第一、脱がしてガードル並みのベージュのババパンツが出てきた暁《あかつき》には興醒《きょうざ》めするでしょ。正さんだって激萎《げきな》えよ。勝負かけるんだから、同棲期間中はちゃんと勝負下着で過ごすのよ！」

（ううう……だってお店で買うの恥ずかしいんだもん……）

下着はもっぱらカタログ通販を利用していた。中には派手な下着も載《の》っていたが、一華が選ぶのはいつも「お腹があったか〜」が売り文句のもの。二美に連れられて初めて下着専門店に入ったくらいなのだ。

（確かにレースの下着は可愛いんだけど……お腹が寒い……）

腹巻きでも着《つ》けたいくらいだ。でもそんなことを言ったら、二美がまた怒るんだろう。

一華は心許《こころもと》ない下着を気にしながら壁時計に目をやった。時計の針は十四時五十分になろうとしている。十五時には、正が迎えに来てくれることになっているのだ。彼のマンションからここまで一時間程度。とても几帳面な彼は、特に時間には正確だから、そろそろだろう。

一華はもう一度姿見を覗き込むと、ゆるくウェーブした栗色の髪を、手櫛《てぐし》で念入りに整えた。

「緊張してるの？」

鏡越しに二美が話し掛けてくる。一華は硬い表情で頷いた。

「とても。それに……怖いの……」

自分から迫《せま》った挙《あ》げ句《く》に、相手にされなかったらどうしたらいい？　正のことだからそのときはうまく受け流してくれるだろうが、彼に軽蔑《けいべつ》されたり、嫌われてしまったらと思うと――怖い。

「……」

二美はティーカップをデスクに置くと、ゆっくりと背後《はいご》から抱きしめてくれた。

「大丈夫よ。一華は美人なんだから自信を持って。ミスコンだって準優勝したじゃない」

「あ、あれは……」

友達に無理やり出場させられた大学時代のミスコンを思い出して苦笑いする。恥ずかしくてずっと下を向いていたっけ。正直、忘れたい一華の黒い歴史だ。

ちなみに一華と二美は同じ大学で、翌年の優勝者は二回生になった二美だ。彼女は三回生の去年も優勝していて、もちろん、今年も優勝するだろう。一回生の頃に二美がミスコンに出場しなかったのは、自分がいたから遠慮したのだろうと一華は密《ひそ》かに思っていた。

「ほら、だって私たち同じ顔だもの。私が美人なんだから、一華も美人よ」

二美は一華の隣に並び、姿見に自分の顔を映した。確かに自分たちは、――双子ではないが――双子のように似ている。

ワンレンボブスタイルの二美とは髪型が違うだけで、背格好も同じだし、そもそもの顔のベースが同じなのだ。

「ふふ、ありがとう。でもつぐちゃんのほうが美人だし、綺麗よ。わたしは……だめ」

いくら見た目が似ていても、中身が全然違う。二美には内側から滲《にじ》み出るパワフルさがある。自分にはそれがない。あるのは「あいお銀行頭取の令嬢《れいじょう》」という肩書きだけだ。同じ肩書きの一華と二美が並べば、皆、明るい二美のほうに惹《ひ》かれるだろう。

一華がしょぼんと肩を落とすと、二美の人差し指が横乳にぷにっとめり込んだ。

「なぁに言ってるの！　一華のほうが魅力的なのよ。特にこの乳！」

「つ、つぐちゃんっ！　あ、ゃんっ！」

ガッと胸を両方とも鷲掴《わしづか》みされた挙げ句に、むにゅむにゅと揉《も》みしだかれた一華が慌てふためいて身を捩る。しかし、姿見に背後を取られてこれ以上逃げられない。二美は寄せて上げてと……指をピアニストのように動かしながら、卑猥《ひわい》に形を歪《ゆが》める一華の胸を凝視《ぎょうし》してきた。

「なんで同じ顔なのに私にはこの乳がないのよ！　スカスカのつるぺたじゃないのよ！　腹立つわねぇ！」

「ふぇ〜そ、そんなに触らないでぇ……」

頬を真っ赤に染めた一華はもう涙目である。

「美人で、優しくて、性格よくて、料理上手。そんでもってこのおっぱい！　女としてチートじゃないの⁉　——まぁ、ちょっとボケがキツいけど……それぐらいないと私とバランス取れないいじゃない」

後半をごにょごにょと濁《にご》した二美は胸を揉むのをやめ、コホンと咳払いしたかと思ったら、一華の肩をバシンと叩いた。

「と・に・か・く、一華は私の自慢のお姉ちゃんなわけよ！　だから大丈夫！」

事の真偽《しんぎ》はさておき、二美が励《はげ》まそうとしてくれていることはわかる。一華はさっきとは違う意味で頬を染め、はにかんだ笑みを浮かべた。

「あ、ありがと……。つぐちゃんもわたしの自慢の妹よ。大好き」

二美は少しばかり照れた素振《そぶ》りを見せたが、すぐにツンと顎《あご》を上げた。

「私の一華があの埴輪野郎に食われるのかと思うと、ホントはいやだけど。すごくいやだけど！　とってもとってもいやだけど!!　相手にされないのはもっと腹立つわ。一華に抱きつかれて、『お願い』までされてその気にならないような男は、きっと元からＥＤなのよ」

「い、いーでぃーって、あの……」

聞いたことはある。縁のない言葉だが、さすがに一華も意味は知っていた。

「そう、Erectile Dysfunction。つまりインポね。それか同性愛者。どちらにしても結婚前に知っておいたほうがいいことには違いないわ。むしろ、それならそうと向こうから先に言うのがマナーってものよ。いい？　一華は自分の魅力に自信を持って！　女は度胸よ！」

力強い二美の言葉に圧倒されて、一華はただコクコクと頷いた。そんな姉の様子に満足したのか、「もう弱気な時間はお終い」とばかりに、二美はニコッと気持ちよく笑って壁時計を見た。もう、約束の十五時になろうとしている。

「そろそろ正さん来るね。リビングに行こうか」

「う、うん」

姉妹で並んで階段を下りていると、ちょうどドアベルの音がした。思わず二美と顔を見合わせてしまう。

エプロン姿の母親がぱたぱたと出てきて、玄関を開けているのがわかった。

「こんにちは。お義母《かあ》さん、ご無沙汰《ぶさた》しております」

(正さんだ！)

彼の声を聞いた途端、ドクンと胸が高鳴る。さすが正。時間ぴったりだ。

一華がすぐさま出迎えに向かおうとすると、二美が服を引っ張った。

「つぐちゃん？」

足をとめて振り返ると、二美は唇を真一文字に引き結んで、珍しく下を向いていた。

「どうしたの？　つぐちゃん？」

「……きなよ……」

「ん？」

よく聞こえずに小首を傾げると、キッと顔を上げた二美が、真摯な表情で見つめてきた。

「いやなことあったら帰ってきなよ！」

優しい子だ。二美は政略結婚で嫁《とつ》がされる姉が不憫《ふびん》でならないのだろう。一華がひどい目に遭《あ》うんじゃないかと心配してくれているのだ。

両親も祖父も厳格な人だから、嫁にやった娘が出戻りするなんてきっと許さない。だから結婚前に彼のことを深く知っておかなくてはならないのだ。そのための同棲。同棲の段階でなら、まだ引き返せるはずだから。

「うん。わかった」

これだけはしっかりと約束する。そうして二美と一緒に一階へ下りると、一華の母親に先導されている正と鉢合わせする形になった。

「一華。ちょうどよかったわぁ。正さんを応接室へご案内してね。私はおじい様をお呼びしてくるから～。二美、あなたはお茶の用意をお願いねぇ」

「はい。お母様」

「はーい」

またぱたぱたと小走りで奥へと向かう母親の背中を見送って、一華は正に向き直った。

「一華さん、こんにちは。お迎えに参りました」

「こんにちは、正さん………ありがとうございます」

ただ迎えに来るだけに上質なスーツにきっちりとエンジのネクタイを締めた正は、ゆったりとした物腰で会釈《えしゃく》をくれる。相変わらずスマートな紳士っぷりだ。この彼がベッドの上で暴君だったり、変態だったりする姿なんて、とても想像できない。

（そ、そんなことはないと思うんだけど……。でも真面目な人ほど……って……）

背の高い彼に自分の開いた胸元から中が見えやしないか気になって、一華はそっと胸に手を当てた。

「姉しか目に入らないのはわかっていますが、私もおりますのよ、正さん」

どうやら、正が自分には挨拶しなかったことが気に入らなかったらしい。二美はツンと顎を上げて、胸の前で腕を組んでいる。微妙にご機嫌斜めだ。

普段は綺麗によそ行きの仮面を被るくせに、二美は正を前にするとその仮面が剝《は》がれてしまうからちょっとおかしい。

一華が苦笑いすると、正は二美に向き直って一礼した。

「これは失礼しました。ご機嫌いかがですか二美さん」

「まぁまぁですわ！」

二美はそう言い放ってキッチンへ向かう。廊下に正とふたり取り残されて、一華は少し目を伏せた。

「ごめんなさい。妹が失礼を」

「いいえ。気にしていません。二美さんはいつもお元気で気持ちのいい方ですね」

正が気にしていないと言ってくれたことに安堵して、一華は彼を応接室に案内した。

「どうぞ」

「失礼します」

正がふたり掛けのソファに腰を下ろす。今から祖父が挨拶に来る。祖父は車椅子だから、座り位置がいつも決まっている。今、正が座っているソファの向かいだ。祖父の隣には母が座るだろう。なら自分はと考えて、一華は正の隣にちょこんと座った。

座ったはいいが会話がない。

(ど、どうしよう……こ、ここはわたしの実家《いえ》なのだから、わたしが気の利いた話を振らないと……)

そう思いながら、チラチラと隣の正を盗み見る。すると、微動だにしない彼の鋭い眼光と目が合った。まさか正が自分《こちら》を見ていたとは思いも寄らず、なにか話そうと吐き出した息と、呑んだ息が気管の中でぶつかって、結局なにも言えない。

オロオロする一華に、正が少し首を傾げた。

「……あれは、一華さんの荷物ですか?」

聞かれて正の視線の先を見ると、ボストンバッグがふたつある。これは昨日の夜から準備していた物だ。

「ええ。正さんのお家にお邪魔する用の……」

そこまで言って、一華はポッと頬を赤らめた。

同棲の支度をしていることを知られたのが、なんとなく恥ずかしい。もちろん、前々からの打ち合わせ通りにしていることなのだが。彼との同棲に積極的なことがバレてしまったようで、身の置き場がないのだ。同棲に乗り気でないなら、きっと荷造りすらしないだろうから。

「ずいぶんと少ないですね」

「あの中には、当面の衣類とお化粧品しか入ってなくて。食器類は買おうかと……」

本当は一華は愛用のコップや、ぬいぐるみにアクセサリー、シャンプー、トリートメントに至るまで、全部持っていこうとしていたのだが、二美が『お気に入りを持っていくのはやめなさいよ。逃げるときに荷物になるんじゃない？』なんて言うから、それもそうかと思い直したのだ。

「ああ、それはいい考えだ。僕らの新生活ですからね、お揃《そろ》いの物を用意しましょうか」

「あ、えと…………はい…………」

いえ、逃げるときのことを考えて荷物を減らしました――だなんて言えるはずもない。

歯切れ悪く頷くはめになって、一華は目を伏せた。

「今回、僕なりに家具を新しくしてみたんですよ。ああ、ふたりで選べばよかったかなぁ。申し訳ない。つい気が急《せ》いてしまって。食器はぜひふたりで選びましょう。これから毎日使うものですから、一華さんのお気に入りの物をね」

「は、はい……」

（ううう〜正さん、ごめんなさい〜。許してください〜〜）

なんだか無性に、正に対して申し訳ない気持ちになる。

正はこんなにも心を砕いて同棲の支度をしてくれているというのに、自分は彼の性癖を気にして、あまつさえ逃げる算段まで整えているなんて。一年も付き合ってきた相手に対して、薄情なんじゃなかろうか。罪悪感に身が縮む思いだ。

（でも正さんの趣味……は、気になるわ。叩かれるのはいやだもん……）

これは彼を知るための同棲。二美が言ったように、女には一度は勝負に出なければならないときがあるのだ。それがたとえ、痛みを伴《ともな》うものでも――

（初めてだからするのは怖いけど……正さんのこと好きだし……だから……正さんと……したい……）

彼以上の男の人なんて一華は知らない。できれば彼と添《そ》い遂《と》げたいと思っているのだ。半《なか》ば祈るような気持ちだった。

（だから正さんが変態さんじゃありませんように!!）

そんなとき、応接室のドアがコンコンとノックされた。

「正くん、よく来てくれたね」

一華の母に車椅子を押されて入ってきたのは一華の祖父、早乙女勲《いさお》だ。御年八十九歳。あいお銀行頭取の座を娘婿の一華の父に譲りはしたものの、銀行の名誉会長の座に納まって、未《いま》だに銀行への発言権は強く残っており、頭取である一華の父はお飾りもいいところ。財団法人の会長も歴任した強者で、政界・財界への顔も広い。しかし、一華には優しいよい祖父だ。

「おじい様」

一華が立ち上がると、正もすぐに立ち上がり、勲に向かって礼儀正しく一礼した。

「早乙女会長、ご無沙汰しております。ご健勝《けんしょう》のようでなによりです」

「ああ。足はこの通りだがね、まだ目は黒いよ」

勲は昨年、足を悪くした。それが原因で弱気になり、お気に入りの孫娘の花嫁姿を早く見たい思いで一華に見合いを――などという、しおらしいことはまったくなく、単純に昨今の銀行の在り方を模索《もさく》した結果の縁談だ。どうせ結婚させるなら、少しでも銀行に有利に働くようにと考えるあたり、勲はかなり抜け目ない。

「すみません。主人は今日、三笠《みかさ》重工さんからお誘いを受けてゴルフに行ってますの」

一華の母が夫の不在を詫《わ》びる。しかしまぁ、この家での実権はこの勲にあって、一華の父には晩ご飯のおかずの決定権から、テレビのチャンネル権すらない。勲の忠実なイエスマンである彼は、悲しいかな家の空気そのものとなっている。今日も勲の名代《みょうだい》としての接《せっ》待《たい》ゴルフだ。

「そうですか。結納のとき以来なので、お義父《とう》さんにもご挨拶をと思っていたのですが、残念です」

「まぁ、いいじゃないか。ところでどうだね、正くん。中国のほうは？　また倉庫を買ったと聞いたぞ」

顎で合図する勲に促されて、正はソファに座り直した。

「ええ。今回の倉庫はなかなか広いんですよ。二万二千平方《へいほう》メートルあるんです。これで中国の主要港全てに弊社の倉庫が展開できました。中国と東南アジアと地中海西部、それから北欧州を全て直航で結ぶことにしましたから、今日も午前中はその打ち合わせで……。一華さんのお迎えがこんな時間になって申し訳ないです」

「いやいや忙しいのは結構なことだ。ＬＮＧ輸送プロジェクトの進行具合も順調らしいじゃないか」

「そんな仕事の話なんか、今じゃなくたっていいでしょ、おじーちゃん。今日は一華の引越しの日なのよ？」

人数分のお茶を持ってきた二美が、ツンと澄《す》ました顔で仕事の話を遮《さえぎ》る。

気持ちよく話していたところを邪魔された勲はムッとした様子を見せたが、二美が口を挟む気持ちもわからないではない。勲は仕事の話になると長いのだ。真面目な正は勲に請《こ》われるまま相手をしてしまうものだから、終わりが見えない。おそらく正のこういうところを勲は気に入っているのだろう。

「男の話に入ってくるんじゃない！　おまえには慎みというものがないのか⁉　少しは一華を見習わんか」

「はいはい。おじーちゃん、怒鳴るとまた入れ歯が飛び出るよ？」

「また減らず口を!!」

勲は二美を一喝《いっかつ》するが、当の二美は素知らぬふりなんかしているんだから、祖父の頭の血管が切れてしまうんじゃないかと、見ている一華《こっち》のほうがヒヤヒヤする。

「お、おじい様……」

一華が不安を載せた眼差しで勲の機嫌を窺《うかが》っていると、母親がおっとりとした顔で勲にお茶を勧めてきた。

「ふふふ。正さんはお父様が心眼で見定めてくださった方ですもの、一華はきっと幸せになれますわ。私がそうでした。ねぇ、お父様？」

一華の両親も勲がセッティングした政略結婚だ。もちろん、勲の思いのままに動く傀儡《むこ》として選ばれたのが一華の父なのだが、子供の目から見ても夫婦仲は悪くないから、母親の言葉は嘘ではないのだろう。

勲は受け取ったお茶をズズッと啜《すす》って「ふん」と鼻を鳴らした。

「一華《これ》は妹《あれ》と違っておとなしい。家事もまめにやるし、我が儘《まま》もよう言わん。ちと内気なところもあるが、それが可愛い子だ。真面目な正くんのような男が似合いじゃろう。目に入れても痛くない可愛い孫娘だ。あんじょうしてやってくれ」

「ありがとうございます。大事にします」

正がゆっくりと頭を下げる。

幾分《いくぶん》か機嫌を直したらしい勲は、車椅子の背凭れに身体を預けてニヤリと笑った。

「まぁ、君に注文をつけるなら、早乙女《うち》の婿養子に来てくれんかね、ということだ。正くんがうちの銀行を継《つ》いでくれたら言うことはないんだがね？」

「ははは、ありがたいお話ですがそれはちょっと――……」

真嶋には男兄弟が三人いて、正はその長男だ。他家の婿養子に入るなんて真嶋の家が許さない。なら一華に他の兄弟を――とならなかったのは、次男には既に恋人がいて、三男は二美より年下のまだ十代の大学生。他の選択肢がなかったからだ。

「まぁ、言うてみただけだ。気にせんでくれ。うちにはまだ二美がおるからな。――どれ二美。おまえも大学を出たら、儂がいい婿を探してやろう」

「余計なお世話ですぅ～！」

二美が「いーだ！」と、露骨に顔を歪めて応接室を出ていく。その後ろ姿を見ながら勲は「ふん」と吐き捨てたものの、どうやらそれ程怒ってはいないようだった。

「まったく……。見ての通り二美《あれ》は気が強い。跳ねっ返りだが、二美《あれ》に婿養子を取らせたほうがうちの銀行にとってはよかろうと思うとる。一華はおっとりしていて気立てがいいから真嶋でもやっていけるじゃろ」

（おじい様はつぐちゃんを家に残すつもりなんだ）

真嶋の長男である正との縁談が持ち上がってから、なんとなくそんな気はしていたが、勲は二美に――正確には二美の未来の夫に――跡を継がせたいようだ。しかも婿養子をとなると、勲が相当気に入る男が相手《あいて》になる。二美にはもう恋人がいるのに――

（つぐちゃん……）

妹の心中を思えば胸が痛む。しかし、恋人の存在を内緒にしてほしいと頼まれている手前、迂闊《うかつ》なことは言えない。

一華だけが落ち着かないこの場で、母親から明るい声が上がった。

「ねえ、せっかくだから今日はみんなでどこかにお夕飯を食べに行きませんこと？」

引越し祝いも兼ねての提案だったようだが、正が少し躊躇《ためら》う素振りを見せた。

「お誘いは嬉しいのですが、ちょっと時間が……」

「あら、なにか予定が？　お忙しいのね」

「いえ、一華さんとうちで使う食器をこれから見にいこうかと。――ね、一華さん？」

「んっ」

いきなり話を振られて言葉に詰まる。

確かに食器を一緒に選ぶという話にはなったが、なにも今からとは思っていなかったただけに、内心戸惑ってしまう。だが結局は、正に促されるままに頷いていた。

今日は外食で済ませても、明日の朝使う食器がなくては困る。明日は月曜日。当然ながら正には仕事がある。一緒に選べるのは今日くらいなものなのだろう、そう思ったからだ。

「そうなの？　でも食事くらい――」

そう言いかけた母親を遮ったのは、勲だった。

「まぁまぁ、ふたりの好きにさせてやりなさい。これから一緒に暮らすんだ。若いふたりの邪魔をするのはおまえ、野暮《やぼ》というものじゃよ」

「そう……ですわね……」

一華の母親は寂しそうに眉を下げたが、勲に言われたらそれ以上はなにも言えない。そんな母親の様子を見て、一華は思わず言っていた。

「また今度一緒に行きましょう？　ほら、正さんのおうちは近いから。それに――」

わたし、すぐに帰ってくるかもしれないから――そう言おうとしたのを呑み込むと、母親の表情も幾分か和らいでいた。

「そうね、近かったわね。また今度、お父様も一緒のときに行きましょう」

「う、うん。それじゃあ、そろそろ……」

一華がぎこちなく頷いて正に視線を向けると、彼が立ち上がった。

「会長、お義母さん。一華さんをお預かりします。大事にしますのでご安心ください」

「ああ、正くん。頼んだよ」

「よろしくお願いしますね」

母親と共に、一華と正が荷物を持って玄関に出ると、今までどこにいたのか、二美がぴょっこりと顔を出した。

「一華、なんでも我慢しちゃダメなんだからね」

緊張した一華がぎこちないながらも笑って頷くと、二美はキッと正を睨み付けた。

「正さん？　一華を泣かしたら許さないから覚悟しなさいよ」

「はい。肝《きも》に銘《めい》じます」

親からならともかく、妹からそんなことを言われるとは思っていなかっただろうに、正は嫌な顔ひとつすることなく至極真面目に返事をしてくれた。

「じゃあ、行くね」

「気を付けてね」

早乙女家の駐車場に停めてあった正の車に乗り込む。外まで出てきてくれた母親と二美に見送られて、一華は生まれ育った家をあとにした。

「さて、食器を見にいきましょう。駅前のデパートでいいですか？」

「あ、はい」

いきなり組み込まれたお買い物デートだが、正直なところ、一華は少しほっとしていた。

買い物をしている時間分は、彼のマンションに行くのが遅くなる。

（……正さんに抱きついて……そ、その……えっち、を、お願いするなんて……できるかなぁ？）

でも彼のことを知りたいなら、行動を起こすべきなのだ。だからこれは大切なこと。デパートまでは小一時間もあれば着く。時間稼ぎなんてそんなつもりではなかったけれど、その間に気持ちの整理を付けておこうと、一華は運転する正を恐る恐る見た。

夫となる人は滑らかな手つきでハンドルを切っている。安全運転で、教本のお手本そのものだ。一華は彼の運転する姿が密かに好きだった。

正は車にこだわりがあるようで、この車は珍しい水平対向エンジンというものを搭載《とうさい》しているとかで音がいいらしい。正は好きな音にするために、どこかのパーツを特別に変更していると言っていたっけ。最初のデートのときに教えてもらった。

ドコドコと響く車の排気音が、自分の心臓の音とシンクロしている気がして一華は落ち着かない。

信号待ちに入ると、正の左手の人差し指がトントンとリズムを刻む。これからあの指に触れてもらう――誰にも触れられたことのないこの身体を……

そんなことを考えていたとき、不意に彼と目が合って、一華はポッと頬を染めた。

「いい茶碗が見つかるといいですね」

「…………はい」

絞り出すように返事をする。きっと、緊張していることが丸わかりだろう。正はポリポリと自分の頬を掻いて、また車を発進させた。

到着したデパートは、休日らしく多くの人で賑わっている。それでも三階の食器売り場は比較的人が少なかった。お客は中年女性が数人いるだけだ。

売り場には伝統的ブランドから、日常食器まで幅広く並んでいる。箱入りは主に贈呈用のようだ。

「茶碗はここですね。有田焼《ありたやき》、九谷焼《くたにやき》……いろいろありますね。一華さんはどんなのがお好みですか？」

「う～ん、そうですねぇ」

一華は焼き物の種類にこだわりなんかない。ただ派手すぎず、可愛い模様のものがいいな～と思いながら商品棚を眺めていると、白磁《はくじ》をベースに大小の紅色の水玉模様がぽんぽんと色付けされた茶碗を見つけた。どことなくレトロな感じで、素朴な味わいがあるところなんかとても好みだ。

「あ、これ可愛い」

思わず手に取れば、一華に寄り添っていた正が「ほう？」と、顎に手を当てた。

「夫婦茶碗か。いいですね」

（えっ）

ハッとして棚を見ると、手に取った茶碗とまったく同じ模様で、ひとまわり大きな茶碗がある。間違いなく夫婦茶碗だ。同棲に張り切って、夫婦茶碗を手に取ったようにしか見えずに、なんとも気恥ずかしい。

「なにかお探しですか？」

執事《しつじ》を思わせる年配の男性店員が来て、にっこりと微笑んでくれる。茶碗を持ったままぎこちない笑みを浮かべた一華の代わりに、正が間に入ってくれた。

「新生活用に食器を見にきたんです」

「ご結婚ですか？」

「ええ」

正が否定しないから、店員も「おめでとうございます」なんて言ってくれる。結納まで交わしたものの、内々でのこと。まだ公表はしていないから、こうして祝いの言葉をもらったのは初めてで、なんだかこそばゆい。

（正さんと結婚……）

この同棲でなにもなければ、確実に訪れる未来だ。そう、なにもなければ――

「彼女がこれが可愛いと」

「ありがとうございます。こちらの商品は最近入荷したばかりで、砥部焼《とべやき》の新ブランドになります。砥部焼は藍色《あいいろ》が多いんですけれどね。これは女流作家さんの手描きで赤を入れられています。ちょっと珍しいかもしれませんね。砥部焼というと、喧嘩器なんて異名がありまして。とにかく頑丈なんですよ。なんでも夫婦喧嘩で投げつけても割れなかった逸話があるそうで。ははは。喧嘩しても割れない。夫婦仲も壊れない。なーんてね」

店員は自分のセールストークに自分で笑って、最後に思い出したように「ここに並んでいる砥部焼は期間限定の取り扱いです」と付け足した。

「割れない……へぇ、いいですね」

喧嘩しても割れない——が気に入ったのか、正は揃いの茶碗を棚から取ってしげしげと眺めている。さすがに投げつけても割れないなんてのは誇張《こちょう》じゃないのかと思うが、確かに厚みがあって丈夫そうではあった。

「茶碗は普段使いですからね。丈夫なほうがいいかもしれませんね」

「こちらの商品は、シリーズで湯呑みと箸置きもございますよ」

正の反応に好感触を感じたのか、店員はすかさず桐箱入りのセットを持ってきた。ドット柄の食器がそれぞれふたつずつ納められている様子は、ままごとセットのようで可愛らしい。これからの生活を予感させるには充分だ。

「一華さん、全部揃えてしまいませんか？　僕はこれが気に入ってしまいました」

自分が気に入った物を彼も気に入ったと言ってくれたのだ。反対する理由なんかない。

一華は素直に頷いた。

「ありがとうございます。ご結婚のお祝いに、夫婦箸を一緒に入れさせてください。どうぞお幸せに」

「ありがとうございます」

粋《いき》なプレゼントをもらってしまった。

紙袋に入れられた商品を受け取って駐車場へと向かう。なんだかあっさりと茶碗が決まってしまって、思ったより時間が経っていない。夕飯の時間にはまだ早く、荷解きもあることだし、このまま正のマンションに向かうことになるだろう。

トコトコと正の半歩後ろを歩く。正と歩くときはいつもこうだ。別に正が歩くのが速いわけじゃない。一華が意図的にそうしているのだ。

こうして少し後ろを歩いていると、店内にいる誰よりも彼は堂々としていて落ち着きがあることがわかる。すれ違った女性らがチラチラと振り返るのも、一度や二度じゃない。

高い鼻梁に薄い唇。目は少し細めで鋭いが、彫りの深い端整な顔立ちはものすごく好みだ。特にこの斜め後ろのポジションから見る彼の顔なんか最高にかっこいい。

これからこの人のマンションで、この人と一緒に暮らす。そして、「抱いてください」とお願いをする。

でも、できるだろうか？

頭の中は同じことがグルグルと回っていて、ちゃんと決心しているはずなのに、次の瞬間には揺らいで、また決心して――その繰り返しだ。

彼に変な趣味があったらなんて心配より、こうして自分から迫《せま》って彼に嫌われてしまわないかのほうが怖い。

そう、怖いのだ。だから悩んで、迷っている。

本当はずっと今のまま、正の少し後ろを歩いて彼を見ていられたらそれでいいのに……

再び車に乗って、買ったばかりの夫婦茶碗を一華が膝に抱えた。その手にギュッと力が入る。内心ではもう冷や汗ダラダラだ。

（が、頑張るの……きっと、大丈夫……）

もう何度目になるかわからない決心をして正を見ると、後ろから見るのと同じくやっぱり素敵だった。

「いい物が買えましたね」

一華の視線に気が付いたのか、正が話し掛けてくれる。一華は伏目がちに、はにかんだ笑みを浮かべた。

「ええ……使うのが楽しみです……」

声が上擦《うわず》ったりしていないだろうか？　もうずっとドキドキがとまらない。正のマンションまであと十分もすれば着いてしまう。

緊張のあまりゴクッと生唾を呑んだとき、信号でとまった車内で、正が不意に一華のほうを見た。ずいぶんと真剣な表情だ。

「一華さん。僕たちは今日から一緒に住むわけですが――」

「あ、はい！」

思いっきり力の入った声が上擦っている。一華の緊張はピークに達していた。そんなとき、正は真面目も真面目、大真面目な顔をして言ったのだ。

「――セックスしてみませんか？」

「…………………え？」

なにを言われたのかがわからず、彼に向き直ったまま完全にフリーズする。

耳から入った言葉が脳で正しく理解されるまでに、いったいどれほどの時間が経っただろう。信号が変わっていないところを見るに数秒なのだろうが、一華にはずいぶん長く感じられた。

「…………え？　せっ、せっ、く――っ〜〜〜!!」

どストレートなひと言を浴びせられた一華が真っ赤になって目を見開くのと同時に、膝の上に載せていた夫婦茶碗が滑り落ちて足元でガチャンと音を立てる。

なぜ？　どうして？　いきなり？　今？　――セックスしてみませんか？

ずっと考えていたことを彼に言い当てられたような気がして、羞恥心《しゅうちしん》で頭がおかしくな

りそうだ。いや、半ばパニックになっていたかもしれない。

正はシートベルトをゆるめて夫婦茶碗を紙袋ごと拾うと、再び一華の膝の上に載せた。

「結納も済ませて、同棲という新たなステップに進むわけですし、そろそろ身体を交えてもいい頃合いかと思いまして。今ここで言ったのはホテルという選択肢もあるからです。自宅よりホテルのほうがロマンチックな雰囲気を演出できるかもしれませんが、今夜、ご都合はいかがでしょうか?」

ご都合はいかがでしょうか? だなんて聞くことなのかは甚《はなは》だ疑問ではあるが、むしろこれはチャンスだ。自分から彼に抱きついて「お願い」するよりも、断然マシというもの。ここで断ったら、次はどうすればいいというのか!

(女は必ず勝負に出るときが来るのよね?? それが今……今夜なのね??)

二美の言葉を思い出した一華は、ブリキ人形のようにぎこちない動きで首を正面に向けると、真っ赤になったまま、妙に力の入った返事をしていた。

「だ、大丈夫、ですっ! ご、ご自宅で……! よ、よろしくお願いします……!!」

ああ、信号が青になる。

◆　◇　◆

（よし!!）

正はハンドルを握る手にギュッと力を込めた。車の運転中でなければ——そして人目がなければ——この場でガッツポーズしていたかもしれない。

婚約者である一華と、今夜セックスをする約束をした。

色恋沙汰《こういったこと》に不慣れな自分が、恋愛指南書にあるような非言語的かつ、アバウトでいい感じの雰囲気をそれとなーく醸《かも》し出して押し切ろうなんて土台無理な話。ならばと、文明人らしく言葉にしてみたのだが、どうやらその判断は大正解だったようだ。喜ばずにはいられない。

ちなみにベッドは買い替え済みで、シーツも今朝方、交換したばかり。避妊具も抜かりなく準備万端である。

隣に座っている一華をそっと盗み見ると、彼女は頬を真っ赤に染めて、買ったばかりの夫婦茶碗が入った紙袋をひしっと抱きかかえている。

大きな恥じらいと、同じくらい大きな不安。そして僅かながらも確かに含まれているのは怯え——

唇を引き結んだ彼女は、瞳を潤ませてぷるぷると小さく震えていた。

（一華さん……）

車を自宅へと走らせながら、己を鼓舞するように、正は密かな決心を思い出していた。

「わかってはいたけど、相変わらずすごい夕食だね……兄さん」

「そうか？　普通だと思うが」

ステーキのよい香りが漂う部屋で、正の三つ年下の弟――真嶋家の次男、翔《しょう》が引き攣った笑みを浮かべている。翔の隣で似たような顔で笑っているのは三男の勇《ゆう》だ。彼は今年で十九歳になる。

普段は正《あに》の住むマンションに来たりしないくせに、今日はふたり揃って突然来たものだから、正は多少なりとも驚いていた。

二十六歳で弁護士をしている翔はもう実家を出ているが、勇は大学生で、まだ実家に住んでいる。翔がスーツなのを見るに、仕事帰りなのだろう。示し合わせてきたに違いない。なんの用かは知らないが、突然来た弟たちを追い返すなんてことは、正が理想とする兄像からおおいに反している。

用件も聞かずにふたりを部屋に上げた正は、六人掛けのダイニングテーブルに並ぶ自分の夕食を前に首を傾げた。

メインは通販で手に入れた松阪牛のシャトーブリアンステーキ。弱火でじっくりと焼いたレアだ。付け合わせにコーンとブロッコリーそれからポテトは必須。それとは別に生ハムのサラダも用意した。ちょっと盛り付けに凝ってみたから、自作ながらも見た目はいい。スープはコーンスープ。玉ねぎを加えて甘みをアップしている。パンはお気に入りのパン屋で買ったバケットをトーストしたもの。近所で評判のパン屋で、毎朝ジョギングがてらに買いに行くのが正の日課となっている。至って普通のメニューだ。

「いや、普通じゃないから。毎晩こんな凝った料理を作ってるの？　エンゲル係数高すぎだろ」

呆れた声を漏らす翔を正はふんと軽くあしらった。料理は正の趣味なのだ。ケチを付けられるいわれはない。

「これぐらいは当たり前だろう。食事は生活の基本だ。翔はコンビニ弁当とカップ麺をやめなさい。忙しいのはわかるが、今はよくても将来的に身体を壊すぞ。肥満とかな」

ちょっと冷めてしまった肉を残念に思いながら、フォークとナイフで丁寧に切り分けて口に運ぶ。すると、言葉に詰まりながらも翔が反論してきた。

「……それに関しては耳が痛いけど、毎晩こんなのを食べてるほうが太りそうだよ」

「シャトーブリアンは肉の部位の中でもヘルシーなほうだ。カロリーはロースの半分。かつ赤身で柔らかくてうまい。これでも健康のことは考えているんだ。リブロースなんか、三百グラムで一日の摂取カロリーの半分になるんだぞ。俺はステーキにするならシャトーブリアン以外の部位は認めない」

「え、なに、そのマイルール。やめようよそういうの……肉の部位とかなんでもいいだろ」

「肉おいしそー。僕も食べたい。それちょーだい」

うへっと露骨に顔を歪める翔の横で、ちゃっかり椅子に座った勇が、ひと切れ残っていた肉をつまみ食いしてニカッと笑っている。三男特有の甘え上手なその笑みに片眉を上げて、正は空《あ》いた食器を片付けた。

「今度からは連絡してから来なさい。そしたらおまえたちのも用意してやるよ。今コーヒーを淹れてやろう」

そう言って豆をミルで挽《ひ》くところからはじめる。もちろん使用する器具はサイフォンだ。

「……正兄《ただにい》？　コーヒー飲むのに毎回豆挽いてるの？　めんどくさくない？」

「最善の淹れ方をするのは当然のことだ。勇、物事をなんでも面倒に感じるのは残念なことだぞ。その面倒を楽しめる余裕を持ちなさい。飲むだけなら水でも飲んでろ」

「いや、そんな極端な……」

食後のコーヒーをサイフォンで淹れる。これは一日の終わりに相応しい作業だ。こうしてじっくりと豆を挽き、香りを楽しむところからコーヒーの味わいは既にはじまっていて、サイフォン専用のビームヒーターの赤い光が水に映り込む幻想的な景色を見て心を休める。ただ飲めればいいというものではないのだ。

「ほら、いい香りだろう？　行きつけのコーヒー専門店に珍しくコピ・ルアクが入ってね。少し分けてもらったんだ。本当は一華さんと飲もうと思っていたんだが、可愛い弟たちは特別だ」

「……翔兄《しょうにい》、コピ・なんとかってなに？」

　囁くような勇の質問に、翔がボソボソと小声で答えている。

「コピ・ルアク。ジャコウネコの糞《フン》から採った未消化のコーヒー豆。高級品だけど、別名うんちコーヒー。ちゃんと洗ってあるし、おいしいらしいぞ。俺はいらないけど。――兄さん。ありがたいけど、俺、ちょーっと胃が痛いからコーヒーはいらないよ！」

「あっ、正兄。僕もコーヒーいらない！」

「……」

　上昇《じょうしょう》してきたお湯とコーヒーの粉を竹べらを使って攪拌《かくはん》させている正をそっちのけで、勇は逃げるように席を立った。そうしてなにを思ったのか、正お気に入りのオーディオ機器に手を伸ばそうとする。

「勇。それに触るなよ。今、理想的な音像定位《おんぞうていい》になってるんだ。おまえが元に戻してくれるなら触ってもいいがな。満足いく設定にするのに、俺でも一週間はかかったぞ」

　鋭い声で言い放つと、勇は銃口を突きつけられたように胸の前で小さく両手を上げ、若干《じゃっかん》引き攣った笑みを浮かべて一歩後ろに下がった。

「りょ、了解。絶対に触らない」

それでいい。

身内とはいえ、勝手に家具家電に触られるのは好きじゃない。壁の絵ひとつ取ってみても、こだわり抜いている自負がある。この部屋は正の聖域だ。

すると、ソファに腰を下ろしていた翔が、正と勇のやり取りを見て絶望的な声を漏らして頭を抱えた。

「一華さんと同棲するって言うから見に来たんだけど、なんだか不安になってきた……」

聞き捨てならない。どこに不安になる要素があると言うのか。正の住むこの2LDKのマンションは完璧だ。あるべき物があるべき場所に納められ、床にはチリひとつ落ちていない。機能的なキッチンに並ぶのは正が選りすぐった調理器具たち。リビングは最高級の音響システムを備えたホームシアター。翔が座っているソファだって、フォルメンティが誇る革新的かつスタイリッシュなデザインだ。このセンスに問題などないはずだが？

「なにが言いたい」

コーヒーを自分の分だけ注ぎながら尋ねる。翔は身体ごと向き直って眉間の皺を更に深くした。

「兄さんが仕事ができるのはわかるんだけど、私生活まで神経質すぎるんだよ。そんなんで一華さんと一緒に住めるの？　大丈夫なの？　っていうかふたりはどこまで進んでるの？　ぶっちゃけて聞くけど、セックスしたの？」

「……」

おいおいおい。兄弟だからって、ちょっとぶっちゃけすぎやしないか？

カップの角度を丁寧に整えた正は、無言で椅子に腰掛けた。

確かに自分がちょっと神経質なところがあるのは否定しないが、それで人に迷惑をかけたことはないはずだ。

正がなにも言わないからか、翔と勇が顔を見合わせている。

「兄さん……一応聞くけど、一華さんとしたことなくても、経験自体はあるんだよね？」

重ねて聞かれた正は、せっかく淹れたコーヒーには手を付けず、ふたりの目を正面から見据えた。

「二十五歳から二十九歳までの未婚男性のうち、三十一・七％が性交渉の経験がない、というデータがある。つまり約三人にひとりの計算だ。よって、俺に性交渉の経験が仮になかったとしても至ってノーマルである。異論はあるか？」

キリッとした早口でまくし立てた正に、翔は糸のように細めた目を向けてきた。

「ああ、つまり童貞」

「うっ！　かかか仮にと言っただろうが！」

言葉に詰まる。

「バレてるから。兄さんは嘘が下手なんだから諦めなよ。仮ならなんでそんな数字知ってるのさ？　どうせ、二十九にもなって童貞なのが自分だけか気になって調べたんだろ。調べるなよ。そういうの普通に引くんだけど。だいたい一華さんとどんなデートしてきたんだよ？　一年もあってベッドインに持ち込めなかった時点でそのデートはなんかズレてるんだよ！　気付けよ！　このエクストリーム童貞が！」

「……」

途端に強くなった翔の攻め口調にまったく反論できない。一華との見合いをする前日、つい調べてしまったのだ。

（エクストリーム童貞ってなんだよ……俺のどこが極端《エクストリーム》だって言うんだ！　そもそも童貞で悪いか！　おまえだって最初は童貞だったはずだろうが！　違うのか⁉）

女性から告白されたことは多々あれど、学生の頃は勉強に勤しみ不純異性交遊など考えもしなかった。そんな学生時代がよろしくなかったのか、社会に出てから女性と話をしてもイマイチ嚙み合わず、周りに残ったのは玉《たま》の輿《こし》に乗ろうと目をギラつかせた女ばかり。露骨なセックスアピールに、正のほうが若干引き気味だったのは致し方あるまい。

そもそも、いい加減な付き合いなどできない性分の正だから、一華と見合いをするまで、一度も女性と付き合ったことがなかったのだ。

一華との完璧なデートプランも、インターネットで検索しまくった結果だ。

職場ではやり手の副社長で通っている自分が、「ベッドインに持ち込めるデートプラン」なんて、人に聞けるはずもないじゃないか！　第一に、そんな下《しも》なことを話せる友達がいない。

正が俯き加減でぷるぷると拳を震わせていると、勇の朗らかな声が話に加わってきた。

「つまり年頃の男が三人集まったらひとりは童貞なのか。面白いね。僕ら三兄弟で童貞なの正兄だけっしょ？」

「なん、だと？　おまえ、童貞じゃないのか!?」

思わぬ情報に正の顔がバッと上がる。

勇に恋人がいたなんて一度も聞いたことがない。童貞仲間だと思っていた末の弟が実は非童貞だっただなんて、とんだ裏切りだ。

「は？　なに言ってんの。違うに決まってるっしょ～」

「おまえはまだ十代だろ。十代は七十パーセント以上が童貞なんだぞ!?」

「兄さん。勇は兄さんとは真逆のタイプだから一緒に考えないほうがいいよ。残りの三十パーセントに入る超リア充だから」

そうして翔は小さくため息をつくと、胡乱《うろん》な眼差しを向けてきた。

「兄さん。一華さんと本気で結婚するつもり？　政略結婚じゃないか。本当にいいのか？」

確かに政略結婚だ。そこは疑いようのない事実である。恋人と熱愛中の翔は思うところがあるようだが、正は自身の政略結婚をよしとしていた。

「一華さんとの結婚がいいか悪いかなんて愚問《ぐもん》だ。いいに決まっているじゃないか。会社の利益になる」

「利益って……嘘だろ？　うわー。もう最悪。頭痛い……」

なぜかショックを受けたような顔をする翔の横で、勇がケラケラと面白そうに笑った。

「あはは。さすが正兄。あっさりしてるー。結納のときに初めて会ったけど、一華さんってさー、二十四だっけ？　あれ絶対処女《しょじょ》だよねー」

そう言った勇を思わずガン見する。

「正兄、顔こわっ！　目つき悪っ！」

「一華さんをそういう目で見るんじゃない。穢《けが》れるだろうが！」

口ではそう言うのに、急に心臓がドキドキしてきた。油断するとニヤけた締まりのない顔になりそうだ。自分を律《りつ》するためにキリッと顔に力を入れる。

（そ、そうか……一華さんは処女なのか……）

自分の妻になる女性が弟に品定めされていたのは甚だ遺憾ではあるのだが、実は処女な《そう》んじゃないかなと、考えたことがまったくないかというとウソになる。いやむしろ、会うたびに——否、一日一回は考えてしまっていたのが実際のところなのだ。それは、それだけ気になっていたということで——

平静を装いながら正がコーヒーに口を付けているとき、勇はたった今咎《とが》められたばかりだというのも気にせず、また口を開いた。

「あはは。独占欲？　俺の嫁ってか？　でもその嫁からしてみれば、処女なのに好きでもない男と政略結婚させられて、その上旦那になった男は白か黒しかない堅物《かたぶつ》中の堅物。おまけに童貞で、セックス下手糞とか、結婚生活って地獄って話じゃね？　超カワイソウ」

カワイソウ

カワイソウ

カワイソウ

頭の中でそのひと言だけが反響する。

（童貞でセックスが下手な男と一緒になった女性はカワイソウなのか……？）

コーヒーカップに口を付けたはいいが、貴重なコピ・ルアクの味がまったくわからない。

そんな正を尻目に、勇の得意気な講釈《こうしゃく》が続いた。

「あれでしょ、セックスが原因の離婚《りこん》とか不倫《ふりん》とか多いんでしょ？　性格の不一致は性の不一致ってね」

「ああ……まぁ、確かにそういうカップルも一定数はいるな。肉体の満足は心の満足に繋がる。充実した性生活が円満な家庭に一役買うことは間違いない」

翔からも同意されて、心臓の高鳴りが別の波長を刻みはじめ、正に鋭い痛みを連れてきた。

（り、離婚だとぉ⁉　ふ、不倫んんん⁉）

これは不整脈だ。頻脈《ひんみゃく》だ。きっとそうに違いない。身体から血の気が引いていく。

そんな正に、翔が追い打ちを掛けてきた。

「心理的に女性は、セックスすると相手の男を好きになってしまうらしいけど、それは満足するセックスだった場合だろうね」

「そうそう正兄、テクニックって大事よ？　下手糞だと女の人は痛いだけだから可哀想じゃん。突っ込めばいいってもんじゃないから。あ、そーだ。お店の女の人に練習させてもらえば？」

勇の無邪気な提案に嫌悪感を覚えて、正は眉間に皺を寄せた。

「駄目だ。性風俗の利用は一華さんからの信用問題に関わる。その上、感染症などの問題もあってリスクしかない。第一、俺は女性を金で買うという行為が好かん」

「でたー。潔癖症。潔癖症」

（これが潔癖症なのか？　売春が有史以来、最古の職業だとは理解しているが、婚約しているのに他の女性と性的な関係を持つのはそもそも不誠実だろ）

そういうことに抵抗がないなら、今頃童貞ではないことくらい、ちょっと考えてみればわかるだろうに。

兄と弟のやり取りを横で聞いていた翔が、「まぁまぁ、なにもセックスだけがコミュニケーションじゃないから」と前置きして、言葉を続けてきた。

「兄さん、とにかく一華さんを大事にして。幸せにしてやりなよ？　こう、プレゼントをするとか、毎日『愛してる』って言ってあげるとかさ。優しくして、この家を居心地のいいふうにしてあげなきゃ。彼女、兄さんとの同棲のために、銀行も辞めたんでしょ？」

翔に言われるまでもない。無論、そのつもりでいる。でも、今の提案はなかなかグッドだ弟よ。TODOリストに追加だ。

「当然だ。会社の利益のためにも、一華さんに嫌われるわけにはいかないからな」

「いや、俺はそーゆーこと言ってるんじゃなくて！　家庭に入る覚悟を決めて来てくれるんだから、多少気に入らないところがあっても目を瞑ってって言ってんの！　そのオーディオに一華さんが触ったらキレるのか？　ダメだろ⁉　食材の産地がどうだとか、品種がどうだとか、作ってもらってケチ付けるなんて言語道断だぞ。料理ができる男はポイント高いけど、料理にうるさい男はマイナスポイントなんだよ！　そーゆーこと言ってんだよ、俺は！　空気読めよ！　なんで兄さんは頭いいはずなのにアホなんだよ！」

翔はなぜかどっと疲れたように肩を落としている。

空気は読むものではなく吸うものだと。頭がいいとアホは矛盾していないかと指摘しようとしたのだが、その前に翔が立ち上がった。

「はぁ……マジで頭痛くなってきた。そろそろ帰るわ」

「大丈夫か？　胃も痛いんだろう？」

「兄さんが一華さんを大事にしてくれたら、俺の頭痛も胃痛も治るよ！　マジで頼むよ。

――勇、帰るぞ」

「はーい。あ！　そうそう、正兄。昔っから思ってたけど、睨むのやめたほうがいいよ。すっごい顔になるから。イケメンが台無し。ちょっとは笑おうよー。ほら、笑顔、笑顔！」

言われて、正が渋々ながらもニカッと笑ってみたところ、勇の顔が一気に引き攣った。

「ああ……うん、なんかゴメンね？」

弟に謝られてスッと表情を元に戻す。

「いい。おまえが気にすることじゃない。わかってたことだから」

「に、兄さんは作り笑いが下手なだけだから。もっと力抜けばいいと思うんだよ。顔はいいんだからさ、顔は」

そう言って翔がフォローしてくれるが、実は、正の笑顔は昔から評判がよろしくない。一時期笑顔の練習を鏡の前でしていたのだが、それはもう直視に耐えかねるというのも納得の不気味さだった。特に目がいけない。それを気にしていて、笑わないように目に力を入れているだけなのだが、今度はそれが睨んでいるように見えるらしい。

「まぁ、睨まないようには気を付けるよ。ふたりともありがとうな。気を付けて帰りなさい」

弟らを玄関まで見送ると、あっという間にひとりになる。

正は顎をさすりながら、無言で書斎に入った。

書斎には机と本棚、仕事に使う書類やパソコンといった細々したものを置いている。以前はここにシングルのベッドを置いて寝起きをしていたのだが、一華との同棲が決まってからはそれを処分して、別室を寝室にしてそこにキングサイズのベッドを新調した。今はそっちで寝ている。

革張りのワークチェアに腰を下ろした正は、鍵付きの机の引き出しを開けて、一通の封筒を取り出した。中には写真が一部入っている。写っているのは一華。振り袖に身を包み、はにかむように笑っている。お見合い写真として手に入れた、彼女の成人式の記念写真だ。

四年前、翔の大学であった大学祭を見に行ったとき、初めて一華に出会った。ミスコン出場者として壇上《だんじょう》に上がっていた彼女はずっと下を向いていたのだが、ふと上げた顔を見たとき、正はズクッとした不思議な疼《うず》きを胸の奥に感じたのだ。それは正の人生において初めての出来事だったし、インターネットで検索してみた結果、『ひと目惚《めぼ》れ』というものが一番近いように思えた。そして去年、熱望の末に実現した見合いの場で、それは確信に変わったのだ。

（はぁ……一華さん。何度見ても可愛い……）

一気に口元がゆるんで、締まりのない顔になる。

本当はもっと一華の写真が欲しいのだが言いだせずにいて、この写真は正が持っている唯一の写真だ。ミスコンのときに隠し撮りでもしておけばよかったと、何度後悔したかわからない。でも、その気持ちも落ち着いたのは、一華本人がここに来てくれることになっているからだ。

実物の一華はもっと可愛い。控えめで、奥ゆかしくて、大抵の女性は「難しすぎてつまらない」と言う正の話を嬉しそうに聞いてくれる。正の理想の――

(天使だ。この人は俺の天使だ……。早く一華さんと結婚したい)

『一華さんとの結婚は会社の利益になる』

これは嘘じゃない。むしろ本当のことだ。あいお銀行との繋がりは融資の面から見ても相当なメリットになる。ただ、正が弟たちに、一華への自分の恋心《ほんね》を話していないだけだ。というか、言えるわけがない。

四年も前にひと目惚れした女性を探し出して見合いを取り付け、会社の利益にかこつけて、政略結婚しようとしているなんて、正の考える理想の兄像から著しく逸脱《いちじるしくいつだつ》している。こんなことが知れたら、可愛い弟たちからの評価はただ下がりの上に、童貞を拗《こじ》らせた挙げ句にストーカーに走った変態長男とあだ名されてもおかしくない。更に一華が知るところになれば、その気持ち悪さに卒倒《そっとう》するかもしれないじゃないか。

回避だ。回避！　そんなのは絶対に回避！

嘘をつくのが下手な正は、自分の恋心《ほんね》を口にしないことで、なんとか己の体面を保っていた。だから弟たちも、この結婚をただの政略結婚として認識している。一華もそうだ。

彼女がこの政略結婚を本心ではどう思っているのか、それはわからない。あえて聞かなかった。ただ、彼女の祖父が用意した見合い相手は、正の他にもいたらしい。それにもしも、彼女に他に好きな男がいたとしても関係ないだろう。彼女の祖父は自分が気に入らない相手は容赦なく切り捨てる合理主義者のようだし、この結婚のために別れさせたということも充分にありえる。

一華は内気で、浮気なんかする性格ではないことはこの一年の付き合いでわかったが、自分が好かれているかまでは正直自信がない。相手の気持ちがわからないと踏み出せない臆病《おくびょう》な気持ちがある一方で、じわりじわりと彼女を囲っていっている自分がいる。

結納も交わしたし、この同棲がうまくいけば、彼女は正の妻になる――

子供も期待されているから、抱かせてもらわないわけにはいかない。正は彼女のことが好きだから喜んで抱かせてもらうが、好きでもない男と結婚させられた挙げ句に処女を奪われ、無理やり子作りをさせられることになる彼女のほうが、心身ともに負担が大きいのは目に見えている。しかも相手《ただし》のセックスが下手だったら？

勇が言ったように、一華にとっての結婚生活は地獄じゃないか。よくない未来を想像してゾッとする。

（ひ、怯むな俺。俺は一華さんを幸せにしなければならないんだ！）

それが自分の使命だ。こんな無骨《ぶこつ》な自分の側にいてくれるなら、どんな我《わ》が儘《まま》だって叶えてあげたいと思っている。彼女に対して常に誠実であるつもりだ。

しかし、弟たちが危惧《きぐ》してくれる通り、夫婦関係ともなれば、誠実さだけでは足りないのかもしれない。夫たる者、彼女の心も身体も全部満足させてあげなくてはならない。

これは尊厳《そんげん》の問題である。自分は彼女にとって価値のある夫であるべきなのだ。

彼女に苦痛など絶対に与えてはならない！　オーディオに触ったくらいで怒るなんて以《もっ》ての外《ほか》！　与えるべきは常に幸福！

もしも、上手なセックスで彼女の身体を満足させ、たくさん優しくして心も満足させることができたなら、彼女は真嶋正という男を愛してくれるようになるだろうか……？　そうしたら夫婦関係も円満に……

「……べ、勉強しよう……セックスの勉強……」

この件に関しては、可及的《かきゅうてき》速やかに情報を収集するべきだと判断した正はパソコンを起動すると、ブラウザの検索窓に「セックスの仕方」と打ち込んだ。画面に表示された百七十六万件あまりの検索結果、全てを見る勢いでチェックする。

インターネットは素晴らしい。エロ文化と共に発達したのも納得だ。「童貞と処女のセックス成功のコツ」なんてものもヒットして、真っ先にクリックする。

（なになに？　早漏《そうろう》は女性が満足できないので一度抜いてから、これは童貞にも有効。ふむふむ……一晩にするセックスの回数？　なん、だと？　一回じゃないのか？　なに……あ、朝から、だと？　なんて破廉恥な。ベッドで白《しら》けるシーンランキング？　避妊具を着《つ》けるのにもたついたとき――か。これはなんとなくわかる気がするぞ。避妊具を素早く着ける練習をしたほうがよさそうだな。処女でも血が出ない場合がある……知らなかった！）

　検索履歴がエロワードで埋もれるのと同時に、正のエロ知識も増えていく。大丈夫。実践経験などなくとも、自分にはこの広大なネットの海がついている。人類の叡智《えいち》万歳！

　電子書籍でセックスの指南書を買って熟読。アダルトな実践動画をレンタルして片っ端からチェック。風俗には抵抗があっても自主学習なら任せておけ！　と言わんばかりに、正はグッと拳を握った。

（一華さん、安心してください！　俺は必ずベッドであなたを満足させてみせます！）

こんなにするなんて、聞いていませんっ！

初めて来た正のマンションは、駅近のタワーマンションだった。間取り自体はシンプルな2LDKだが、ダイニングと続きになっているリビングがとにかく広い。南向きで日当たりもよく、昼間はサンルームのようになるのではなかろうか。

家具はモノトーンで統一されているが、ソファはなかなか前衛的なデザインだ。でも不思議と部屋にマッチしている。壁に飾ってある白と黒の幾何学的な絵は斬新《ざんしん》すぎて一華にはよくわからない。几帳面な正らしく、整理整頓が行き届いている。

特徴的なオーディオ機器もあった。五十インチ前後はありそうな大画面液晶テレビの左右に、巨大なスピーカーが設置されている。彼は気に入った音を目当てに車を改造してしまうくらいだから、このオーディオもきっとこだわり抜いた製品に違いない。

（たぶん、これは触っちゃいけないやつだわ）

一華がそんなことを考えていると、背後から正が話し掛けてきた。

「一華さん」

「はっ、はいっ！」

ビクッと肩が揺れる。その上、緊張しすぎて妙に力の入った声が出てしまった。

失敗した——そう思ってぎこちなく振り返ったのだが、いつも通りの正がいた。

「今日からここはあなたの家です。なんでも好きに使ってください」

「あ、ありがとう、ございます」

一華はこんなにも緊張しているのに、正は普段となんら変わりがない。きっと緊張なんかしない人なんだろう。彼はいつもの紳士的な所作《しょさ》で、ソファに座るように促してきた。

「どうぞ座って。ゆっくりしていてください。今、夕食を作りますから」

「あ、わたしが——」

作りますと言いかけた一華だが、すぐに正に制止された。

「いえ。今日は僕が。実はもう下拵《したごしら》えも終わっているんです」

そこまで言われたら、これ以上でしゃばるわけにもいかない。一華がソファに腰を下ろすと、正はリビングから見えるオープンキッチンに回った。

彼は冷蔵庫から鍋を取り出して火に掛ける。そしてサラダを作っているのだろうか。野菜を切って皿に盛り付けていく。かなり手際がいい。

することもなく、しばらくは正を眺めていた一華だが、ふと思い立ってダイニングテーブルに置かれていた紙袋を指差した。

「あの、正さん。買ってきたお茶碗を開けてもいいですか?」

「あ、はい。そうですね。お願いします」

車の中で落としたときに派手な音がしたから、割れていないか気になっていたのだ。

ダイニングテーブルの端で桐箱をそっと開けると、砥部焼の夫婦茶碗は、欠けるどころかヒビひとつなかった。どうやら頑丈だというのは間違いないらしい。

「よかった。割れてないみたいです」

「それはよかった」

そう言って彼は、白いランチョンマットをテーブルの上にふたつ敷いた。そして左右に、フォークとナイフを並べていく。まるでレストランだ。一華がイメージしていた男の人のひとり暮らしとはずいぶん違う。彼は普段からこうなのだろうか? 一華の実家は勲の好みで和食ばかりだったから、余計に驚いてしまう。

「よし」

目をぱちくりする一華を尻目に、正は次々と料理を運んできた。

熱々のミネストローネに、クリームソースが掛かった白身魚の料理に、チキンのグリル。スライスされたバケットの上にはツナマヨネーズが載っている。それから、ソーセージが丸のまま載ったサラダも。盛り付けもかなり丁寧で本格的な欧風料理だ。とてもよい匂いがする。しかし、正直に言って量が多い。

「あ、あの、これ全部、ですか？」

「はい。全部」

デートのときには気付かなかったが、彼はこんなに食べる人だったのか。

「ああ、一華さんには多いかもしれませんね。肉と魚、どちらにしますか？」

「じゃあ、お魚で……」

「はい」

嫌な顔ひとつせずに肉料理の皿をキッチンに戻した正は、ダイニングの椅子をスマートに引いた。

「どうぞ」

「あ、ありがとうございます」

外ならともかく、まさか家で椅子を引いてもらうとは思わなかった。恐縮しながら腰を下ろすと、向かいに正が座った。

「どうぞ食べてみてください。お口に合えばいいんですが」

「いただきます」

バケットがあるから、ご飯はなしだ。買ったばかりの夫婦茶碗の出番はないらしい。そのことを少し残念に思いながら、一華はスープをひと匙《さじ》すくって飲んだ。

「おいしい」

緊張しきった一華にもわかる上品な甘みは、素朴さもあって飲みやすい。レストランで出てきてもおかしくない味だ。

「よかった。いつも行くパン屋のご主人が庭で栽培しているイタリアントマトのサンマルツァーノを分けてくださったんです。今回はそれを使ってみました。やっぱりミネストローネはサンマルツァーノで作らないと。缶詰だけじゃこの味にはなりません」

なかなかのこだわりようだ。もしかしてこれが、男の料理というやつなのだろうか。実家では男性がキッチンに入ることなど一切なかったので、一華としては新鮮である。

「正さんは、お料理も得意でいらっしゃるんですね」

「そうですね。家事全般を苦に思ったことはありません。だから一華さんは、家のことなんてなにもしなくていいですよ。映画やお芝居を見にいったりして、楽しく過ごしてください」

「…………」

これはどうコメントすればいいのだろうか。

確かに彼はひとり暮らしで、今まで家事は自分でしていたのかもしれないが、それでは一華は日がな一日、なにもすることがない状態になってしまう。彼が大事にしようとしてくれているのはわかるのだが、正直困惑のほうが大きい。

次のスープをすくおうとしていた手をとめた一華には気付かなかったのか、正はフォークとナイフを綺麗に使って、魚の骨と皮を取り外した。

「タラのグリエ、白ワイン風味です。自信作です。どうぞ」

「あ、はい……」

勧められて、今度はその自信作を口に運ぶ。こんがりと焼き上げたタラと、濃厚なクリームソースがマッチしていて口当たりがいい。

「おいしいです」

「よかった」

そう言った正と真正面から目が合って、一華はドキドキしてきた。

考えてみれば、完全にふたりっきりになったのは、今日が初めてかもしれない。デートのときにレストランで個室に入っても、お店の人の出入りはあるし、車は周りの目がある。でも今は違う。一華と正のふたりっきり。今夜、ここには誰も来やしない。

(どうしよう……余計に緊張してきちゃった……)

その緊張を誤魔化すように、次々と料理を口に運ぶ。

「お、おいしいです！　すっごく！」

そうして目の前の料理をすっかり食べ終えたら、次は食後のデザートまで出てきた。

「シフォンケーキです。これはさすがに買ったものですが。甘いものはお好きでしたよね」

「え？　ええ、大好きです。はい。ありがとうございます」

ぎこちない笑みを浮かべてケーキを食べる。ふわふわして甘くておいしいはずなのに、緊張が増したせいで食べている気がしない。

「お、おいしいです」

(わ、わたし、さっきから、おいしいしか言ってない！　も、もっと気の利いたことを言わなきゃ……)

でも、言葉が出てこないのだ。もともと口下手なのも相まって、焦ると余計にうまく話せない。

「気に入ってもらえたならよかった」

正は「コーヒーを用意しますね」と言って、ミルで豆を挽きはじめた。見ると、キッチンにはサイフォンまである。さすがにこれには素直に驚きの声が出た。

「わぁ……ほ、本格的ですね」

「好きなんです。こういうの」

彼は一度言葉を切ると、今度は躊躇いがちに口を開いた。

「一華さんは……嫌いですか？　こういうの。その、時間が掛かるだけで、無駄と思う人も多いと思うので」

「いいえ？」

思うに彼は、ちょっと人よりも凝り性なんだろう。そんなところも嫌いじゃない。むしろ、何事にも一生懸命な証拠じゃないか。最近のインスタントコーヒーはおいしいらしいし、豆から挽いてサイフォンで淹れることを無駄と思う人も確かにいるだろう。でも人生って、そういう無駄を楽しんでもいいと思うのだ。それに、正が好きと教えてくれたことを、否定したくない。

「わたしも好きです。わたしは……正さんがコーヒーを淹れてくださるお姿を見て、素敵だなぁと思いましたから……」

たどたどしく打ち明けながら、一華がポッと頬を赤らめると、正はミルのハンドルを握る手をとめた。が、それは一瞬のことで、すぐにまたゴリゴリと豆を挽く。

「これから一華さんが家で飲むコーヒーは、全部僕が淹れます」

「あ……ありがとうございます」

コーヒーが入って、またダイニングでふたり、向き合って座る。

豆の種類まではわからなかったが、すっきりとしていて飲みやすい。そして風味がいい。これは挽き立ての豆だから？　それともサイフォンのお陰？

（ううん。正さんがわたしのために淹れてくださったから、特別おいしいのね。嬉しい

な）

「おいしいです」

もう何度目になるかわからない「おいしい」を告げると、彼はコホンと咳払いをひとつして、自分の分のコーヒーに口を付けた。

「荷解きは、すぐに終わりそうですね」

「！」

言われて一瞬、言葉に詰まる。

二美のアドバイスもあって、一華の荷物は衣類しかなく、それもボストンバッグふたつ分。服をハンガーに掛けるだけで事足りてしまう。荷解きなんて、あってないようなものだ。

「そ、そうですね……。すぐ、かと……」

「では、一華さんの荷解きの間に風呂を沸かします。荷解きが済んだら入るといい」

「は、はい……」

コーヒーを飲み終えたあと、正にリビングにあるウォークインクローゼットを使うように言われて、持ってきた服をそこに掛ける。それも、せいぜい十着程度しかない。ゆっくりゆっくりやってみたが、三十分もすれば終わってしまって、今度は風呂に入った。

とても広々とした綺麗なシステムバスで、天井まで届く縦長の鏡が壁に備え付けられているのが印象的だ。浴槽の素材は大理石。デザイン性の高いシャワーヘッドや水栓金具が採用されていたりと、ホテル並みの高級感がある。

湯船に浸かった一華は、自分の膝を抱いて小さく息を吐いた。

（お、お風呂から上がったら……そ、その……するんだよね⁉　わたし、正さんと……しちゃうんだよね⁉）

その覚悟で家を出てきている。そして、正と約束もした。

今夜、正と――

彼はどんな性癖なのだろう？　それを身をもって知らなければ話にならない。彼との関係を先に進めたいのなら尚更。

一華は膝を抱く両腕に更に力を込めた。

縁があったから……彼を好いた気持ちがあるから、今、自分はここにいるのだ。

（女は度胸、よね？）

一華はギュッと唇を引き結んで、一気に湯船から上がった。

髪を乾かし、スキンケアを終えてからリビングに戻る。白のネグリジェの下は、もちろん二美セレクトの下着。すっぴんを彼に見せるのは初めてだ。でも一華は特別メイクがうまいわけではないから、実は素顔でもあまり変わらない。

「お先にいただきました」

一華が声を掛けると、ソファに座ってタブレットを触っていた正が顔を上げた。

「じゃあ、僕も入ります。一華さん、その左側のドアが寝室です」

だからそこで待っておけとは言われなかった。寝室に入りたければ入ればいいし、リビングにいたいならいればいい——正はその選択肢を、一華にくれたのだろう。

一華は寝室のドアを自分から開けた。

「……で、では……お、おおおお、お待ちして、おります……」

どもった。ものすごくどもった。恥ずかしくって正の顔を見ることができない。

ボッと赤面した一華は、顔を俯けた状態で滑り込むように寝室に入ると、すぐにドアを閉めた。

（た、正さん、どう思っただろ……？）

心臓がバクバクする。初めて入った正の寝室は、自分の部屋とはまったく違う匂いがした。彼の車の匂いに近い気もする。これが正の匂い——

一華はゴクッと生唾を呑み込むと、手探りで壁のスイッチを入れて電気をつけた。

暖色系の明かりに照らされて、部屋の中央にキングサイズの木製ベッドが浮かび上がる。

一華はドキドキしたまま、そのベッドの端にちょこんと座った。

することもないまま時間が過ぎる。

自分の鼓動を秒針代わりにして二十分程が経過した頃。ゆっくりと寝室のドアが開いて、正が入ってきた。

「お待たせしました」

そう言った彼は、紺色のパジャマを着ていた。手にはさっきリビングで見ていたタブレットを持っている。

まだ仕事があるのだろうか？　そんなことを考えていると、正が人ひとり分のスペースを空けて、一華の隣に腰を下ろした。

湯上がりの男の人の匂いが近付いてきて、この場から逃げ出したい衝動《しょうどう》に駆られる。でも、逃げるなんてできるはずもない。

（ど、どどどうか、正さんが変態さんじゃありませんように！）

これからを予感し、身体を固くしている一華に、正がそっと向き直った。タブレットは持ったままだ。

「一華さん。最初にお話ししておくことがあります」

「は、はい……」

静かな声だ。続きを聞くのが怖い気もするが、ここは聞くべきだろう。もしかして、彼は自らの性癖を話すつもりなのかもしれない。

（ま、まさかそのタブレットを使って……な、なにか……卑猥なことを……？）

どう使うのかはわからないが。世の中は未知数だし、一華なんかでは思いつかない使い方をする可能性もある。いけない。なんだか今度は違う意味でドキドキしてしまう。

彼は少し視線を下げた状態で、再び口を開いた。

「僕は今まで、結婚を考えていない女性と性的な関係を持ったことはありません。責任の取れないことをするべきではないと思っているからです。世の中には割り切った関係を結ぶ男女もいるようですが、僕はそういったことも、一時の感情に流されたこともありませんし、性風俗の利用経験もありません。つまり――」

「つまり……？」

どう反応すればいいのかわからずに、とりあえず正の言葉を反芻《はんすう》する。

彼の意図がうまく読み取れなくても嫌悪感がなかったのは、性風俗の利用経験がないと明言されたからかもしれない。

真面目な人ほどなんとやら――というらしいから、正が風俗大好き人間である可能性もあった。しかしどうやら、その線はないらしい。少しほっとする。

「つまり――僕は……」

「はい」

「性交渉の経験がありません。一華さんが初めての女性《ひと》、です」

なるほど。

（よかった……。そのタブレットを使って卑猥なことをするのが大好き、ということではなかったのね！）

一華が密かに胸を撫で下ろしているうちに、正がようやく視線を上げた。

「いやですか？　童貞は」

「えっ？」

意図を掴みかねて聞き返す。すると彼はじっと見つめてきた。

「経験がないので不手際もあると思います。あなたを気持ちよくさせてあげられないかもしれない」

そこまで言われてようやく理解した一華は、ポッと頬を染めると、俯いてモジモジと自分の膝頭をすり合わせた。

「そ、そんな、いやだなんて……。わ、わたしも、初めて、ですから……」

「……そう、ですか……」

彼の返答になんだか間があった気がして、一華は恐る恐る尋ねた。

「あの……処女はおいやですか……？」

「いえ！　至極光栄《しごくこうえい》の極《きわ》みです！」

力強くきっぱりと言い切られて安堵する。その一華の傍《かたわ》らで、正がタブレットを操作しはじめた。

「童貞と処女カップルの性交渉成功率は高くないというデータがありました。どちらかが経験者であれば、成功率はぐんと上がるようですが、そこは経験の差なので致し方ないでしょう。しかし僕は、今日という日に備えて、セックスについて学習と自主練習を重ねました」

（れ、練習……？）

どんな練習をしたのか気になるが、とても聞けそうにない。それ以前に、練習内容を事細かに教えられても困るのだが……

正の説明は尚も続いた。

「これは持論ですが、経験を学習である程度カバーすることは可能だと思っています。技巧面に関しても、複数の指南書を元に鍛錬を積みました。イメージトレーニングも抜かりありません。ただ、一華さんも不安だと思います。それに、実践不足の僕が一華さんの意に添わないことをしてしまわないためにも、共通意識の確立が大切であると確信しています。これを見てください」

正が見せてきたタブレットにはボールドのかかった明朝体で、「初体験の流れ」という文字がでかでかと表示されているではないか。明らかにパワーポイントで作られたそれに戸惑っている一華をそっちのけで、正が画面をスワイプした。

「導入はキスからが無難でしょう。キスは相性を測ることにも役立ちますし、リラックス効果もあって欠かせません。フレンチキスからはじめて、ディープキスに移行。次にベッドに横になり上半身の愛撫《あいぶ》──」

プレゼンだ。プレゼンがはじまった。

これが普通のことなのか少し疑問に思ったのだが、女性の性感帯の部位とパーセンテージを示す円グラフが表示された画面を指しながら、「キスはこの統計を参考に、唇以外にもしますので驚かないでください」と言う正は、至極真面目な表情《かお》をしている。

その様子は事務的を通り越して、どこか熱意さえ感じるのだ。

(た、正さんが、こんなに一生懸命に説明してくださっているんだから、わたしもちゃんと聞かないと……!)

真面目度なら一華も負けていない。

一華はベッドの上に正座をすると、背筋を伸ばして彼の説明に真摯に耳を傾けた。

「──それから下半身への愛撫。お互いの身体の準備が整えば、挿入となります。避妊具は用意していますので心配いりません。一華さんにラテックスアレルギーはありませんか？　──ありませんね。一応、ポリウレタン製の避妊具を用意しましたので問題ありません。次に交接体位ですが、一般的な正常位でいかがでしょうか？」

「あ、は、はい。では、そちらで……お願いします」

そう一旦は頷いた一華だったが、すぐにおずおずと手を挙げた。

「あの……、わたしはなにかしなくてもよろしいのでしょうか？」

初体験の流れを聞いていると、自分ばかりがしてもらっているように思えたのだ。

男の人がどんなことを喜ぶのかはわからないが、教えてもらえたら頑張る気持ちはおおいにある。しかし正は、小さく首を横に振って一華を正面から見つめてきた。

「いえ。初めてはどうしても痛みを伴うものです。一華さんにこれ以上の負担を掛けたくありません。僕はあなたを大事にしたい」

（なんて優しい人なんだろ。この人が変態さんのわけないよ！）

——一華はそう確信した。

パワーポイントで資料まで作って説明してくれたのも、一華の不安を軽くするため……。この一年で幾度となく重ねたデートでも、正はいつも一華を楽しませようとしてくれていた。彼の根っこは純粋に真面目で優しい人なのだ。そこに自分は惹かれたんじゃないか。

だから大丈夫。自分をこの人に預けてみよう。全部……

「正さん……。ふつつか者ですが、どうぞよろしくお願い致します」

ベッドの上で、三つ指を突いてお辞儀をする。すると、正のほうもベッドに正座をして頭を下げてきた。

「こちらこそ、よろしくお願いします」

ふたり揃って膝を突き合わせ、ベッドの上でお辞儀をする様は、傍《はた》から見れば滑稽《こっけい》なのだろうが、当人同士は至って真面目である。

「では、キスからはじめましょうか」

「は、はい……」

やっとの思いで小さく頷く。正はタブレットをベッドサイドに置いて、半歩、一華のほうに近付いてきた。

さて、これからどうすればいいのだろう？　わからずに自然と目が泳ぐ。正と目が合っただけで、一華の心拍数はぐっと上がってしまうのだから始末に負えない。

唇を引き結んで、右に左にと視線を動かす一華に、正がまた半歩、近付いてきた。

「目を瞑ってもらえると……」

「ぁ、はい……」

一華はバクバクと高鳴る心臓を抱えて、「ままよ」の気持ちでギュッと目を瞑った。

正の体温が近付いてくる。彼の呼吸を肌で感じて、膝の上に置いた手を握りしめ、身体を硬直させ、来たるべき衝撃に備えた——が、唇に訪れたのは、空気が掠めたようなほんの一瞬の触れ合い——

（えっ？　もう終わり？）

若干、拍子抜けした感じが否めない。

恐る恐る目を開けて視界に入ってきたのは、腕で半分顔を隠した正だった。

「……すみません。下手で……。ファーストキスなもので……」

「わ、わたしも……です……」

ふたりして下を向く。

「あの……もう一度してみましょうか」

「は、はい……」

気を取り直して、今度は少し力を抜いて目を閉じる。すると、さっきよりも唇がしっかりと触れ合った。ぎこちないながらも、しっとりとした柔らかさと体温を感じる。今のは一華が想像していたキスに近い。

「…………」

ゆっくりと唇が離れて、お互いに無言で見つめ合う。考えてみれば、手を繋ぐよりも先にキスしたんじゃなかろうか。

顔が熱い。恥ずかしいのに視線が正から離れない。心臓は落ち着きを忘れている——そんな一華の頬に、正の手がゆっくりと伸びてきた。しかし、あと数センチというところで、彼の手がとまる。

「あの、触っても、いいですか？」

「……はい」

もうキスしたのに、律儀《りちぎ》に断りを入れてくるのが彼らしい。

一華が少し笑うと、いやがられていないことに安心したのか、彼が頬に触れてきた。

熱い手だった。

ガラス細工を触るようにゆっくりと頬を包み込まれる。

「このまま何度か続けてキスしてみましょう。それからディープキスに移行して……」

「……はい」

「あの、指南書にあったのですが、女性の『いや』や『やめて』といった拒絶の言葉は本心でないケースがかなりあって、男はそれを見極めなくてはならないそうなのです。しかし未経験の僕にそんなスキルはありません。なので、不快になったら右手を挙げてください。そうしたら僕は絶対にやめますから。約束します」

「はい」

絶対にやめてもらえるというのは大きな安心に繋がる。正は真面目な人だから、きっと約束は守るだろう。一華が目を閉じると、正の親指がそっと唇に触れてきた。

「一華さん……」

何度か唇がなぞられて、顔を上げさせられる。そうして重なってきた唇は、さっきよりも熱かった。

最初は押し付けるだけだったぎこちないキスが、角度を変えて繰り返されるたびに、唇が触れている時間が長くなっていく。

一華は正にされるがまま、おとなしく彼のキスを受け入れていたのだが、不意に唇の合わせ目を舌先で舐められて、ビクッと肩を揺らした。

「っ！」

「いやでしたか？」

唇が離れて、正の気遣わしそうな目が覗き込んでくる。

「いえ、そうじゃなくて……」

予告されていたはずなのに、急に違うキスになったから驚いてしまっただけなのだ。そう、一華が打ち明けると、正の表情が少し和らいだ。

「そうなんですね。これから少しずつ舌を絡めていきます。一華さん、よかったら力を抜いて口を開けてもらえますか？　そうしたらたぶん、やりやすいと思うので」

「は、はい」

ぺたんとベッドに座った一華は、言われた通り力を抜いて目を閉じた。正がキスしやすいように、少し顔を上げる。ドキドキしながらキスを待つ自分が、彼の目にどう映っているのか考えるのはよそう。

自分の胸に手を当てて待っているうちに、正の唇が重なってきた。

軽いキスを経て、今度は下唇を食まれる。彼はすぐに離してくれたが、そのときにくちゅっと小さく音がして、一華はネグリジェの胸元をギュッと握りしめた。自分の身体の一部が彼の口内に入った感じがする。唇が濡れて、触れただけのキスとは明らかに違った。

（あ……）

トクンと大きく胸が鳴って、また下唇が彼の口の中に含まれる。少し吸われただけで、唇に血が集まるのがわかった。熱くなったそこをれろりと舐めた正の舌先が、徐々に口の中に入ってくる。

「ふ……んぅ……」

（……お口の中に正さんのが……入って……あっ……）

気持ちいい。ぬるついた唾液をまとった舌先が擦《こす》れ合う初めての感覚。それが口内を蠢《うごめ》いて微かに声を漏らさせる。舌先をくちゅくちゅと絡められて変な感じがするのに、でもまったくいやじゃない。むしろ、正にキスされているのだと思うと、なんだか身体が熱くなっていく——

「んっ……ぁは……」

ぞろりと口蓋を舐められたとき、一華の中でなにかが弾けた。

——コテン。

体勢を崩した一華が真後ろに倒れ、ベッドに仰向けになる。自分でも一瞬、なにが起こったのかわからなかったくらいだ。

「……一華さん……？」

「す、すみません。えと、あの……」

すぐに起き上がろうとしたのだが、できない。自分がキスで腰を抜かしたことに気付いた一華は、ぱちくりと目を瞬くなり一気に赤面した。

（は、恥ずかしい…………）

一華は両手で顔を覆った。

せっかく正にキスしてもらっていたのに、腰が抜けてしまうなんて情けない。きっと緊張しすぎたせいだ。他の女の人はこんなふうになったりしないいんじゃないだろうか？

居た堪れずに身体を横に倒し、正に背を向ける。するといきなり、背後から耳をはむっと甘噛みされた。

「ひゃあっ⁉」

ゾクッとした感覚に驚いて、思わず顔から手をどける。振り向くと、一華に寄り添うように横になった正が、上体を起こした体勢で、至って真面目な顔をしていた。

「耳が性感帯だという女性は多いようなのですが……」

唇以外にもキスをすると、タブレットで説明されていたことを思い出す。うっかり腰が抜けてベッドに倒れ込んでしまったが、結果としては正のプレゼン通りに事は進んでいるわけだ。

大袈裟《おおげさ》に驚いてしまったのが恥ずかしくて、一華はそっと視線を逸らした。

「ご、ごめんなさい。びっくりしてしまって……」

「不快でしたか？」

「そういうわけではなくて……。慣れない刺激で……」

耳を口に含まれたことなんてない。慣れないというよりは、初めてだからというほうが正確だろう。

一華の答えを聞いた正は、顎に手を当てて「ふむ」と、なにかを考える素振りを見せた。

「くすぐったい？」

「はい……なんか、ぞくぞくしてしまいます」

正直に打ち明けると、彼はひとつ頷いて「大丈夫」と言い切った。

「くすぐったい場所は全部性感帯です。刺激し続けたら開発されるそうです」

「へ……、か、かい……？」

「開発していきましょう」

ズバッと言うなりかぷっと耳を食まれ、一華は目をギュッと閉じて身を捩った。

「んっ……ふ……ひぁ……!?」

くちゅくちゅと、唾液が弾く音がする。耳の縁をれろーっと舌先で舐められて、背筋がぞくぞくしてしまう。頬に手を添えられているから、顔を動かすこともできない。

ただ、いやかというとそうではなく、せり上がってくるようなこの未知の感覚を受け入れている自分がいる。胸の前で組み合わせた手に力を込めて、浅く息を吐いた。耳の中に正の吐息が入ってきて、身体中を駆け抜けていく。

「あっ……！」

自分のものとは思えない声が上がって、一華は思わず両手で口を塞いだ。顔が熱い。

「一華さんは、キスは嫌いじゃないみたいですね」

冷静な正の声に、自分の反応を観察されていたのだと気付いて、ますます顔が熱くなる。

目を閉じて、殻に籠もるようにギュッと身を丸めたとき、今度は首筋に吐息が当たるのを感じた。

「え？　あっ？」

「次は首筋にキスをしてみようかと。ここも性感帯らしいので」

ちゅっと肌を吸われただけなのに、「はうっ！」っと恐ろしく甘い声が漏れてしまう。

「たくさんキスしましょう。キスは多いほどよいそうですよ」

恥ずかしくて、恥ずかしくて、たまらない。もうやめてほしいとさえ思うのに、また唇を塞がれると、自然と目を閉じてしまう。

（あ……また……、お口の中に…………）

正が入ってくる。くちゅくちゅ……くちゅくちゅ……今度は舌の側面から付け根を舐められて、吸われて、少し甘噛みされた。

抵抗なんかできなかった。それがわかっているかのように、正の身体がじわじわと覆い被さってくる。一瞬、太腿《ふともも》になにか硬いモノが当たったのだが、その正体を考える前に正が一華の頬を両手で挟んできた。まるで耳を塞がれているみたいだ。舌と唾液の絡む音が頭の中に響いて、浅い呼吸を繰り返しながら、正の舌に口の中を掻きまぜられる。

長いキスだった。身体中の酸素がなくなってクラクラする。

ゆっくりと唇が離れる気配がして、名残惜しいと言うように舌が動いた。

「ん……は………」

唇より舌があとに離れ、さっきまでふたりの間を行き来していた唾液が糸のように伝って、とろりと顎に垂れる。

くったりと力の抜けた一華は、正の身体の下で蕩けていた。

自分の唇に触れると、しっとりと濡れている。唇だけでなく、耳にも首筋にもキスされるのは恥ずかしかったはずなのに、決していやじゃなかった。舌を絡めてもらうのもドキドキして、むしろ、好きだったと思う。

(もっと……キス……されたい、かも……)

そう思ったとき、正が口を開いた。

「一華さん。上半身の愛撫に移行してもよろしいですか?」

「っ!」

ついにキス以上のことをしてしまうときが来てしまった。でも、断るなんてできるはずもなくて、一華は視線を逸らしながら頷いた。

「では失礼します」

一華の腰に跨《また》がった正が、ひと言断って胸元に手を伸ばしてきた。そのまま胸を触られる――そう思ったのだが、予想外にも正は一華のネグリジェのボタンを外しに掛かった。

「えっ？　やっ！　ちょ、直接触るんですか……？　もう？」

最初は服越しに触って、徐々に肌を――と思っていたのだが、そうではないのか⁉

一華は動揺するが、正は表情ひとつ変えなかった。

「はい。上半身への愛撫は、触るだけでなくキスも含まれます。先ほどの、耳や首筋にキスしたのと同じですね。なので脱いでいただこうかと。寝間着越しでは愛撫の効果が薄れる気がしますから、やはり直接がいいかと」

「そ、そう……なんですね……」

一華としては、正とこうして服越しに触れ合っているだけでもドキドキするのだが……。練習を積んだと明言した彼が言うのだから、直接でないと愛撫の効果はないのだろう。

一華はおずおずと胸元から手をどけた。

「よ、よろしく、お願いします……っ！」

目も唇も力いっぱい瞑って、羞恥心に耐える。

今まで男の人に肌を見せたことはない。なにも知らない人に見られるわけじゃない。将来の旦那様——初めてを捧げると決めた正に見られるのだからいいはずなのに、身体が小さく震える。このネグリジェを脱いでしまえば、キス以上のことが待っていることがわかっているからだろう。

(だ、大丈夫……怖くない、怖くない……)

ちょっぴり目尻に涙が浮かびかけたとき、一華の頬に柔らかなものがふんわりと押し当てられた。

「ふぇ?」

薄く目を開けると、正の整った顔が目の前にあって、またちゅっと頬にキスされた。

「キス、していましょうか。気が紛れるかもしれません」

キスが好きだったことが彼に知られているような気がして余計に恥ずかしい。でも脱がされる羞恥心にただ耐えるよりは、キスしてもらうほうがずっといい。

コクコクと頷く一華の頭をひと撫でして、正が唇を重ねてきた。

さっきと違ったのは、すぐに口内に舌が差し込まれたことだろうか。ゆっくりと舌先で口蓋を撫でられて吐息が漏れる。気持ちいい。そこに触れられると、なんだか腰の辺りがぞくぞくしてしまう。

「んぅ……」

一華の隣に身体を横たえた正の右手がネグリジェのボタンを次々と外していく。このネグリジェはボタンが多い。自分で脱ぎ着するときには胸元の三つくらいしか外さないボタンだが、臍のところまで外され、ネグリジェの中に正の手が入ってきた。

ブラジャーの上からふんわりと手を置かれて、一気に鼓動が跳ね上がる。唇が自然と離れた。

ブラジャー越しとはいえ、男の人に胸を触られているなんて初めてのこと。ネグリジェの一部をギュッと摑んで震えてしまう。

一華の羞恥心に配慮してくれたのか、正は身体を起こすことはせずに、盛り上がったFカップの膨らみを手探りでなぞってきた。ブラジャーのサイドから背中に向かって彼の手が伸びる――が、一華の背中を浮かせた彼は、ピタリとその動きをとめた。

「……これ、どうやって外すんですか？　ブラジャーというものは、後ろにホックがあるはずですよね？」

困惑しているのか、身体を起こした正の眉間に皺が寄っている。日頃一華が選ぶブラジャーなら確かに背中側にホックがあるのだが、今日身に着けているのは二美セレクトだ。白の総レースで、ショーツとお揃い。勝負下着としての見栄えが重視されており、デザイン性に富んでいる。

「こ、これ……フロントホックで……」

起き上がろうと思ったのだが、正が腰に跨がったまま胸元を覗き込んでくるからそれも開かれた。

できない。仕方なく横になったまま一華が説明すると、正の切れ長の目が珍しく驚きに見
「フロント？　そんなモノがあるとは……申し訳ない。勉強不足でした。どうにも女性の下着には疎くて……外し方をご教示いただけますか？」

なんとも奇妙な光景だ。一華はネグリジェのボタンがほとんど外され、ブラジャーまで見えた状態なのに、正はきっちりとパジャマを着ている。その彼に跨がられたまま、自分のブラジャーの外し方を教えるなんて。

「えと……、ま、前の、このリボンのところに、ホックがあって……」

「なるほど。この留め具ですね？」

バチン！

いきなり正がフロントホックを外したものだから、はじけ飛ぶような音と共に、まあるいふたつの乳房がぷるんとこぼれ落ちた。

「～～～っ！」

今までの比ではないくらいに一華の顔が真っ赤になる。耳も首も胸元まで全部が真っ赤だ。自分でブラジャーの外し方を教えたのだから、動揺するのも隠すのもおかしい気がする。でも、まろびでた乳房を、正が真顔で、瞬きひとつせずに見ているのだ。もう羞恥心も限界だ。心臓がとまってしまいそうになる。

ぷるぷると震えながら涙目になる一華の身体に、正の視線が注がれた。

「あの、どちらの胸から触ればよいですか？」

「え？」

ちゃんと聞こえてはいたが、理解が追いつかずに聞き返す。と、正は懇切丁寧にもう一度同じことを言ってきた。しかもゆっくりと。補足付きで。

「右と左と、どちらの胸から触ればよいですか？」

「え？　あ、あの……」

こ、こんな質問に答えなくてはならないのか。一華は小さく震えながら視線を逸らした。

「……ど、どちらでも……同じ……なので……」

「同じなわけがありません！」

本気できょとんとする一華を前に、なんのスイッチが入ったのか、突然正が熱弁を振るいだした。

「右の胸と左の胸は同じではありません。左のほうが心臓に近くやや大きめに育つ傾向があります。更に日本人男性は右利きが多いので、左の胸を揉むことが多く、結果、左の胸ばかりが育ち、左右のバランスが崩れ、それを気にする女性が多いと文献にありました。拝見したところ一華さんの左右の乳房のバランスは完璧。このツンとした張りのあるお椀型はまさに美乳！　乳首の色も桃色で大変美しい。僕の今後の揉み方いかんでこの美乳の存亡がかかっているのです」

「…………」

ちょっとよくわからない。が、正が真剣なのはわかる。無駄に育ったこのFカップの胸を美しいと評価してもらえるのは嬉しいが、正直困る。右の胸を触られようが、左の胸を揉まれようが、心底本気でどうでもいいのだ。

問題なのは相手。

女にとって一番の問題は、「自分の身体に触る相手が誰なのか」なのだから。

「わたしは……本当にどちらでも……。た、正さんに……触ってもらえるのなら……」

あなただからいい。あなたになら……というこの気持ちは、ちゃんと伝わっているのだろうか？　心配になってチラッと正を見やると、彼は相変わらずのキリッとした大真面目な表情で一華の胸を凝視していた。

「光栄です。では平等を期すべく……」

むにゅっ。

同時に左右の乳房を鷲掴みにされて、一華は喉の奥で小さく声を上げた。

確かに平等だ。同時に同じだけ触れば平等になるだろう。しかし、一華にしてみればいきなり強い刺激を与えられることになる。

「ふぇ……ぁ……ひゃぁ……」

「柔らかい……」

そんな感想を打ち明けられても困る。

一華は今にも泣き出しそうなのに、正は遠慮がない。しかも真顔で。完全に目が据わっている。下から上へ、そして中央に寄せて、指が食い込むほどむにゅむにゅと乳房を揉んでくるのだ。

二美にも今日、同じように揉まれたが、あのときよりも断然いやらしく感じてしまうのはなぜだろう?

「はぁぁ……ぅ……ゃあん……」

弱々しく、まるで子猫が鳴くような声を漏らす一華に、正が覆い被さってきた。

「一華さん、キスしましょう」

頷く前に唇が塞がれる。間を置かずに入れられた舌に口内を掻きまぜられ、一華は目を見開いた。

腰に硬いモノが当たっている。しかもかなり熱い。さっきキスされたときにも当たったのだが、あのときは一瞬だったからろくに考えもしなかった。しかし、これは――

(も、もももしかして……正さんの………)

鼓動が今まで以上に輪を掛けて加速していく。正はなんでもない顔で一華の身体を触りながら、実はこんなに興奮してくれているのか。なんだかすごくドキドキする。

彼の舌が口の中に入って繋がるのと同じに、今度はあの熱いものが一華の中に入って繋がる——そう思ったとき、正の指先が一華の乳首をピンと弾いた。しかも平等に左右同時に。ただ揉まれているときよりもズクッとした疼きがお腹の奥に走った。触られているのは胸なのに、なぜだかお腹の奥が疼くのだ。

「んぅ！」

口が塞がれているから大きな声は出ない。そのせいか正は、一華が感じていることに気付いていないようで、親指と人差し指でくりくりと乳首を摘《つ》まんでくる。同時に口蓋をねっとりと舐められると、無意識に背中がしなった。

（あ……や、それ……ぞくぞくする……）

息が上がる。

一華の呼吸が限界に達したとき、ようやく唇が離された。

「ぷは……はぁはぁ、ん……はぁはぁはぁ……」

肩で呼吸をする一華を正の真っ直ぐな目が見下ろしてくる。彼は一華の乳首を指で擦りながら、まったく息の上がっていないその口を開いた。

「一華さん。これから胸にキスをしていきます。今までの経過を見るに、一華さんはキスがお好きなようですね？　気を逸らすためにも、胸にキスをしながら同時に下半身への愛撫に進むつもりです。下半身となると抵抗があるとは思いますが、どうか我慢してください。爪はちゃんと切ってヤスリがけしていますし、薬用石鹸で念入りに洗ったのでご心配には及びません」

これからいやらしいことをしますと宣言されているのに、キスが好きなことがバレていたことのほうが恥ずかしいのはなぜだろう？　正の顔を真っ直ぐ見られない。

「よろしいでしょうか？」

そうやって聞く正の指先は、今もなお、一華の乳首をきゅっきゅと摘まんで捏ね回している。そのたびに、お腹の奥がジンジンしてしまう。でも耐えるしかない。

一華は赤い顔で、小さく喘ぎながら頷いた。

「では――」

正はゆっくりと身体を下げていくと、今まで触っていた一華の乳首にそっと唇を当ててきた。たったそれだけのことなのに、ピクッと腰が跳ねる。

「んっ」

自分の身体はいったいどうなってしまったんだろう？　正の唇が触れるたびに、どんどん敏感になっていくようで怖い。

恐る恐る視線を下げた一華が目にしたのは、ぷっくりと立ち上がった自分の乳首が、正の口に含まれていくところだった。それはキスをしているというよりは、しゃぶっていると言ったほうが正しいように思う。彼は一度口に含んだ乳首をちうちうと吸ってから出し、唾液塗《まみ》れになったそれを指先でくりくりといじりながら、反対の乳首を口に含む。

じゅっとした刺激と、見てはいけないものを見てしまったような、そんな胸のざわめき。そして密かな高揚感が湧き起こる。

大人の男の人が――いつも紳士的で優しい品行方正な正が、こんな淫らなことをするなんて……

正は左右の乳房を揉みながら、交互に乳首を口に含んできた。彼の口の中で、一華の乳首は舌で転がされて、吸われて、扱《しご》かれる。その刺激は甘やかで気持ちいい。背中がぞくぞくする。ちゅぱちゅぱと、正が胸をしゃぶるいやらしい音が部屋に響くのだ。今まで饒舌だった正が喋ってくれないから、その音ばかりが耳につく。

「ん――……」

鼻から抜ける吐息に、感じた声がまじった。それを恥じて口を押さえる。すると、乳房を揉んでいた正の手が腰をなぞって下に降り、ネグリジェの裾をたくし上げてきた。徐々に脚が晒《さら》されていくのを感じる。予告されていた、下半身への愛撫がはじまるのだろう。

（我慢……しなきゃ……我慢……）

太腿の外側を正の手が這う。怖くてたまらないが、逃げてもいられない。彼の手が太腿の内側まで来て付け根のショーツラインをなぞって、そっと脚を開かせてきても、一華は小刻みに震えるだけで逃げなかった。

ショーツのクロッチ部分を正の指がゆっくりと擦ってくる。そのとき、くちょ……っとした湿り気を肌に感じて、一華の顔にカッと熱が上がった。

（ぁ………わたし、濡れて…………）

正にキスされたり、触られることに夢中になりすぎて、自分の身体がどうなっているかなんて考えもしなかった。この身体は正に触られることを歓んでいる。だから濡れているんだろう。

正は……どう思ったろう？

（やだ……えっちな子だって……思われてないかな……？）

そんなことを考えているとき、コリッとした堅い蕾に触れられて、一華の身体は電気を浴びたように跳ねた。

「ひゃあっ！」

そのまま上下にゆっくりと擦られて、今までとはまったく違う刺激に怯えて腰を引く。このときばかりは、羞恥心よりも怯えのほうが強かったかもしれない。この刺激を浴び続けたら危険だ——そんな予感がする。

正は不意に胸をしゃぶるのをやめると、一華の目を見つめてきた。

「大丈夫です」

優しい声だった。一華が思わず息を呑むと、正はすりっと頬を寄せて耳元で囁いてきた。

「一華さんにひどいことは絶対にしません。約束します。どうか僕を信じてください」

そうだ。この人は優しい人だ。将来、自分の旦那様になってくれる人。この一年、ずっと側にいてくれた人。この人以上の男の人なんて知らない。この人がダメだったら、きっと自分は恋なんかできない。

一華は引き攣りながらも懸命に笑みを作ろうとした。

「――――」

吐息まじりのボソッとした呟きが正の口から漏れたようだったが、よく聞こえない。聞き返そうとしたのだが、一秒と間を置かずに唇を重ねられていた。

「んっ……ぁ……」

滑り込むように口の中に舌が入ってくるのと同時に、ショーツのウエスト部分から正の手が入ってくる。ぐっちょりとぬめったそこに触れられるのが怖い。しかし正は、花弁に包まれた小さな蕾を、ゆっくりと捏ね回してきた。

「ぅ……んっ……ひゃ……」

キスをされながらピクピクと腰を震わせ、啜《すす》り泣くような声で喘ぐ。正は丁寧な舌遣いで一華の口の中を愛撫してくれる。気持ちのいいキスに絆《ほだ》されて、とろっとしたいやらしい蜜が、また身体の奥から垂れてしまった。

（あ……また、濡れて……どうしよう、わたし……やだ……やだよ、恥ずかしい）

自分の身体の変化に戸惑うことしかできない。一華からあふれた蜜を、正の指先がすくい上げて、とろとろになった入り口に何度も何度も円を描いてくる。今にも指が入ってしまいそうなほど、ぱっくりと割り広げられた一華の身体。時折、親指と人差し指で蕾を意地悪く摘まれる。

恥ずかしいのに。そのたびに一華の腰は、雷に打たれたようにビクビクと跳ねた。

そんなに触らないでほしいのに。蜜口はヒクヒクしているし、なによりいやらしい蜜があふれてとまらない。もう、ショーツがぐっちょりと濡れてしまっている。おまけにずっとキスされているせいで、頭がぽーっとしていて思考も鈍くなって――

くぷっ。

「っ！」

突然、蜜口に指を一本挿れられてしまった。ひどい痛みはないが、驚いて咄嗟《とっさ》に正の手を摑む。しかしすぐに、そのことを後悔した。

（ほ、本当に入ってる……正さんの指が……わたしの中に……）

一華が摑む正の手が動くたびに、くちょ……くちょ……と湿った音がして、身体の中を広げていく感じがする。正に抜く気はないのだ。彼は濡れた肉襞を確かめるように、いや探るように、中を執拗に指の腹で擦ってきた。彼の長くて太い指が、中で曲がったり、出し挿れされたりする。

誰にも触れられたことのない処《ところ》――自分でも触ったことのない処を正に触られている。

本当なら気持ち悪くてもおかしくないだろうに、なぜだろう？　身体がズクズクしてますます濡れる。一華はタラタラと蜜を垂らしながら、口の中に入ってくる唾液をこくっと飲んだ。

（ああ……ただしさん……）

キスが深くなるのと同時に、身体の中に二本目の指が入ってくる。

「ううっ……」

さすがに蜜口が引き伸ばされて苦しい。額に汗を浮かべた一華の眉が苦痛に歪む。すると、そっと唇が離れた。

「苦しいですか？」

小さく頷く一華の頬を、正が撫でる。

「許してください。でももう少しほぐさないと、一華さんを傷付けてしまうことになりますから」

正は一華を苦しめようとしているわけじゃない。むしろ苦しみを取り除こうとしてくれているのだ。この人にになら、この身を任せても大丈夫。

「は、は……ぃ……ぁっ……」

頷いた一華が快感に喘ぐ声を漏らす。すると喉をゴクッと鳴らした正が、乳房にむしゃぶりついてきた。

ツンと痛いくらいに立ち上がった乳首に舌を巻き付け、扱きながら吸い上げてくる。その目が怖いくらいに真剣で、一華はぶるっと身震いしてしまった。

「ああっ!!」

塞がれていない口から悲鳴に似た声が上がる。三本目の指がいきなりねじ込まれたのだ。しかも中でバラバラに動かされたり、出し挿れされてしまう。

男を知らない肉襞はヒクヒクと怯えて震え、為す術もなく内側から蹂躙《じゅうりん》される。でも濡れるのだ。一華は今にも泣きそうな声を上げているのに、気持ちがいい。時折、彼の手のひらが蕾に当たって刺激的な愉悦を生む。あそこは淫らな汁をあふれさせて正の指を、手を、そして正の手を摑む一華の指を濡らしているのだ。

はぁはぁと上がった呼吸。意図せず漏れる甘い声。そして、やまないいやらしい濡れ音――これが全部一華の身体からする音なのだ。男に胸をしゃぶられながら、蜜路を搔きまぜられる女の音。

「あ……ふぁ……ん――っ、んっ、んぅ――……」

(……わたし……わたし……)

快感に翻弄《ほんろう》されて思考が虚ろになってきたとき、くぽっと指が引き抜かれた。同時に正の手を摑んでいた一華の手もするっとシーツに落ちる。

ぐったりとしていると、肩から剝くように正は一華のネグリジェを脱がせてきた。元からゆったりとした作りであることと、ボタンが臍まで開けられていることもあって、下ろすだけで簡単に脱がされてしまう。

フロントホックの外されたブラジャーも、もうないのも同然だ。それでも、さすがに最後の一枚になったショーツを脱がされるのは恥ずかしくて、力の入らない脚を懸命に寄せた。

ただ、あまり意味はなかったらしい。正は表情ひとつ変えずに、一華のショーツに手を掛けてきた。

ゆっくりと引き下ろされたそれに染みた淫らな蜜が、つーっと糸を引いたのを感じて恥じ入る。正に太腿に触れられた一華は、赤らんだ頬を隠すように両手で顔を覆った。

パサッと軽い衣擦れの音がして、一華の足元に布が置かれる。顔を覆う手を少しばかりのけると、正がパジャマの上着を脱いで、上半身裸になったところだった。

初めて見る正の身体――肩幅も広く、筋肉質で均整の取れた、完成された男の人の身体だ。色白で、少し鎖骨が浮いたところなんか、男の人なのに色っぽいから困る。

自分も裸のくせに、目のやり場に困って顔を逸らすと、そっと頬を撫でられた。

「最終確認をさせてください。一華さんは本当に僕でいいんですか?」

自分たちの結婚は政略結婚になる。その政略結婚で、初めてを散らすことになる一華を気遣ってくれているんだろう。

（本当に優しい人……）

二美の言った通りだ。正とこうやってベッドを共にしてみてよかった。彼がどんな人なのか、今まで積み重ねたデート以上にわかった気がする。こんなに優しい人だから——

「はい」

はっきりと口にした一華に、正が覆い被さってきた。シーツに広がった髪を丁寧に梳いて、あらわになった耳に唇を寄せ喉を鳴らす気配がする。

「僕は一華さんを大事にします……必ず」

誓うような囁きと共に、正と唇が重なった。

不安も怯えもまったくないと言えば嘘になる。しかしそれは、正に対してのものではなく、初めての行為そのものに対してだ。だから脚が広げられても、一華は決していやがりはしなかった。彼を受け入れたかったから。

正はキスをしながらズボンを脱ぐと、一華の左脚を抱えて間を陣取り、ゆっくりと屹立《きつりつ》を充《あ》てがってきた。解されて潤んだ処に、彼の物がくぷりと嵌まる。布越しに感じたときよりも熱くて硬い。

「挿れます。避妊はしていますから、安心してください」

正がいつ避妊具を着けたのかなんて、一華にはまったくわからなかった。緊張して目を瞑っていた時間もあったし、そのときかもしれない。自分の目で確かめなくても信じる気になるのは、相手が正だからだろう。この人は嘘をつかない。

頷くと、正がゆっくりと腰を進めてきた。

「ぃ――――……」

気道をひゅっと風が通り抜けたような小さな悲鳴が上がった。

「あぁ……ううう……ひぁ……うっ……はあぅ！」

「一華さん……すみません。痛いですよね……本当にすみません」

震える一華を見下ろしながら、何度も何度も正が謝ってくる。なのに彼は、ずり上がる一華の腰をしっかりと両手で摑んで離さないのだ。それどころか、謝りながら腰を前後させて更に中に入ってくる。

「こんなひどいことをしてすみません……もう少し……もう少しですから……」

「ううう……あぅ……いた、ぃ……ッうんんぅ〜〜〜ひぁ……」

彼との距離が近付くにつれて痛みが増し、一華を泣かせた。

あんなに指が何本も入るほど濡れていたのに、ぎちぎちと無理やり内側から押し広げられる感覚に苛まれる。いや、感覚……ではなく、実際に押し広げられているのだろう。見ることは叶わなくても、痛みが教えてくれる。指を挿れられたときとはまったく違う。内臓が突き抜けてしまいそうだ。媚肉が怯えきってヒクヒクと痙攣《けいれん》している。

身体が内から燃えるように熱い。痛くて熱くて苦しい。もう、身体がバラバラになりそうだ。なのに嬉しい。

とめどなく流れてくるこの涙は、決して痛みのせいだけじゃないはずだ。

今、自分は正に抱かれているのだ。自分が望んだ相手と。

「一華、さん……全部、入りました……」

正が息を荒くしながら教えてくれる。彼は両手で一華の頭や顔を包むように撫でながら、頬を伝う涙に唇を当ててきた。

「一華さん、すみません……すみません……本当に……。あなたを苦しませてしまった。許してください」

謝らないで——そう言いたいのに声が出ない。正は謝りながら唇を重ねてきた。

謝罪の言葉と同じ数だけキスされる。舌を絡めて、吸って、扱いて、少しだけ噛む気持ちのいいキス。

キスをされていると、身体を苛む痛みが少し和らぐ気がして、一華は本能的に自分から正に舌を絡めていた。

「ん……はぁはぁ……ただし、さん……んっ……」

「っ！」

正の動きが一瞬だけ強張る。しかし彼はすぐに一華の求めに応じて、舌を甘く絡めてくれた。

「辛いですか？」

キスの合間に正が問いかけてくる。眉間に深々と皺を寄せた彼は、ひどく心配そうだ。本当はまだジンジンと痺れるような痛みがあったけれど、一華は少しでも彼を安心させたくて、ぎこちないながらも微笑んでみせた。

「だ、大丈夫です」

「よかった」

正は小さな声で呟くと、ゆっくりと上体を起こした。そして繋がった処に視線を落とす。一華も釣られてそこに視線をやると、自分の身体の中に正の物が入っているのが見えた。ぬらついたそれは、一華が思っていたよりもずっとずっと太い。あんな太い物を入れられてしまったのか。

（わたしの中に……正さんが……）

見てはいけない物を見てしまった気がして目を逸らしたのだが、今度は正のほうから視線を合わせてきた。

「動いてもいいですか？」

このままでは終われないことくらい、一華だってわかる。脚を大きく開かされた恥ずかしい格好だが、耐えるしかない。

頷くと正は、一華の太腿の裏を押さえながら、ゆっくりと腰を前後させてきた。

ずずずずず……っと、内臓ごと引きずり出されるような感覚と、無理やり異物をねじ込まれるような感覚が交互に襲ってくる。ぎこちない抽送は処女肉に強い摩擦熱と引き攣れの痛みを与えて、一華を泣かせた。

「あぅ……ぃたっ……ゃあぁ……」

「辛いんですね、すみません……ここが一番女性の感じる処と指南書にありました。少しは気が紛れるかも」

そう言った彼は、繋がっている処のすぐ上に息づく蕾を、親指の腹で捏ねるように撫でた。たったそれだけで、あの電気を浴びたような刺激が身体を瞬時に貫く。

刮目した一華は、悲鳴を上げながら仰け反った。

「ああっ！」

今まで意識したこともなかった子宮が熱く滾っていくのがわかる。目覚めた女の部分が、自分を貫く男を確かめるようにぎゅっぎゅっと扱き上げ、とろとろとした新しい蜜を生むのだ。ぐじゅ、ぐじゅっ……と、一華の身体を使って淫猥な音を奏でながら、正の腰の動きが滑らかになってくる。蕾をいじられたまま貫かれた一華の視界が、揺さぶられるたびに白くはじけて滲んでいく。痛みは既に消えていた。

ギシギシとベッドが軋む音と共に身体に広がっていくのは、甘く痺れるようななにかだ。恥ずかしい格好？　そんなもの、もうわからない。正の律動に合わせて乳房がぶるんぶるんと揺れ、ぽってりと赤く膨らんだ蕾は正の指先に弄《もてあそ》ばれ、男の漲りを咥えさせられた膣はどんどん淫らに濡れていく。

「一華、さん……くっ……」

突然、正が胸にむしゃぶりついてきた。彼は一華の乳房を揉み、押し出された乳首を扱き吸いながら、がむしゃらな抽送を繰り返す。

荒々しくて、苦しいのに、求められているみたいで嬉しい。彼の重みと熱が、ぴったりと隙間なくくっついた肌から伝わってくるのだ。ひと突き、ひと突きされるたびに、より深く正が中に入ってくる。もっと、もっと……もっと奥に。そしてこれ以上入れない処まで彼が来て、子宮の入り口にキスしていく。腰は押さえつけられて逃げられない。唇にするより強引なキスだ。何度も何度も繰り返し、蕾を優しくいじられながらこんなことをされたら、身体の中から蕩けてしまう。

「あ……あっ、あっ、んっ……ひゃ……んっんんん……」

いつしか一華の唇からは、小さくとも甘い喘ぎ声が漏れていた。全身が熱い。身体の中に彼の熱が溶け込んでくるみたいだ。痙攣した膣路が中の正の物を締めつける。すると、正がかぶり付くように唇にキスしてきた。

「んっ……ん………」

舌を絡ませながら、ガツガツと突き上げられる。一華のいたいけな処女肉は、男の本能

のままにめちゃくちゃに掻き回されていた。上からも下からも正が入ってくる。

（だめ……だめ……こんなにいっぱい……いれちゃ……やだぁ……おく、おくに……こんな……だめ……ああっ！）

壊される。

涙で滲んだ視界の中で一華が見たのは、隠しきれない欲望の光を奥に孕んだ正の鋭い眼光だった。その目は篝火《かがりび》のように揺らめきながら、一華を閉じ込めて離さない。

正に——いや、正以外の男の人の誰にも——こんな野獣のような視線を向けられたことはない。しかもどんどん、抽送が荒く激しくなって、一華の中を蹂躙していく——

（怖いっ！）

怯えて目を閉じたとき、正が獣《けだもの》のように低く呻いた。身体の中で彼の物がビクビクと跳ねているのがわかる。彼はゆらゆらと腰を揺らしながら、最後の仕上げと言わんばかりに一華の口の中をねっとりと舐め回した。

「ぁあ……あ、あ、ああ……」

ようやく唇が離れ、呑み込みきれなかった唾液が口の端から垂れるが、拭う力もない。

ぐったりとした一華の中から、正がゆっくりと出ていく。そのぞろっとした感覚に呼応するように、一華の膣路がヒクヒクと痙攣した。

ようやく終わったのだと思うと、なんだかほっとしてしまう。息が上がったまま、とても動けそうにない。

ベッドの端で正がごそごそとなにかをしている気配がする。なんだかそれを見てはいけない気がして、一華は気怠い身体を抱えたまま瞼を閉じた。

◆

◇

◆

(ついに致してしまった)

二十九歳、晩春。脱童貞である。

(女性の中って、ああなのか。……すごい……)

未《いま》だ興奮冷めやらぬ中、避妊具の始末をした正は、そっと後ろを振り返った。

ベッドに仰向けになったままの一華は、あんなに恥ずかしがっていた裸体を惜しみなく晒して、ぐったりとしている。珠《たま》の汗が浮かんだ肌はうっすら光っているようにも見えて、正直、綺麗だ。

詰め込んだエロ知識を総動員しての初セックスだったわけだが、はたしてうまくできたのだろうか?

見てはいけないような気がしながらも、これは確認だと自分に言い聞かせて、無造作に投げ出された一華の脚の間に目をやる。するとそこは、正を受け入れていたときのままにぐっちょりと濡れていた。出血というものはないらしい。

処女でも出血しないことがある——前知識の通りだ。

出血は処女の証にはなるだろうが、怪我をさせたことになるし、そんな証明なんてなくても一華の反応は思いっきり処女だった。やはり、出血なんてものはないほうがいい。

処女と童貞の初セックスの成功率は低いらしいが、自分たちはできたのだ——そう、胸を撫で下ろした正だが、安堵した途端に別の考えが浮かんだ。

（……俺、早かったか……？）

どうせするなら気持ちよくさせてあげたいと思って挑んだこの初セックスだ。ブラジャーを外すときには手こずったものの、前戯《ぜんぎ》はかなり丁寧にしたつもりだし、キスも多かったと思う。唇以外の場所にもたくさんキスした。しかし肝心の挿入時間は……？

ベッドサイドの時計に目をやるものの、初めてのセックスを遂行することに全神経を持っていかれていた童貞に、挿れた時間を計る余裕なんてあるはずもない。

セックスでの失敗で最も多いのが『早漏』だ。早漏とはつまり、膣内に挿入後、三十秒間も射精を我慢できない状態を言う。時間についての定義はいくつかあれど、ぶっちゃけて言えば、女性が満足する前に発射してしまえば問答無用で早漏だ。三擦《みこす》り半《はん》なんて俗語《ぞくご》が生まれるくらいには、男にとって不名誉な現象で、沽券《こけん》に——いや、股間に関わる問題である。

（いや、さすがに三十秒はもったはず。する前に風呂場で一度抜いたし。さ、三分は……もった、か？　もったよな？）

三分——インスタントラーメンにお湯を注いでできあがるまでの時間である。長いようで短い時間だが、途中から無我夢中で、気が付けば射精してしまっていた正には、三分間ももった確証がない。

そしてとある大学の研究によると、女性が希望している挿入時間は十五分だという。

十五分……九百秒である。

童貞の自分が、初めて意中の女性と結ばれた中で、十五分ももったとはとても考えにくい。正直、体感でも十五分はなかった。これはかなり絶望的ではないのか。早漏の烙印《らくいん》がデコに押されても文句は言えない。

（女性のほうが性的絶頂に達するのが遅い。特に一華さんは処女だ。統計に出てくる経験豊富な女性よりもっと時間がかかると考えるべきだろう）

しかし早漏が挽回《ばんかい》するチャンスはある。それは回数だ！

とある大学の研究によると、女性が喜ぶ回数は一・九回。ほとんど二回に近い数字である。正は、形状記憶超合金《けいじょうきおくちょうごうきん》かというほど屹立を維持した己の分身を意識して確信した。

まだイケる、と。

（後戯《こうぎ》は二回戦の前戯と思って丁寧に、だ）

暗記するほど読み込んだ指南書の一文を反芻して、正は一華の唇に自分のそれを重ねた。

「んっ……ふ、ぇ？」

柔らかく閉じられていた一華の目がうっすらと開く。彼女はキスに戸惑っているのだろうか。ひどく動揺したように瞳を揺らしていた。

「正、さん……？」

「一華さん。とても素敵でした。身体は大丈夫ですか？」

「は、はい……」

恥じらいながらも頷いてくれる一華に安堵する。しかしその一方で、正は気を引き締めていた。

あんなセックスでは、彼女の身体はきっと満足していないはず。なんとしても挿入持続時間十五分をもたせ、愛しの彼女に絶頂を贈らなければなるまい。これは、真嶋正という男を好きになってもらうためのチャンスでもあり、ミッションだ。

正は一華の耳や首筋にキスをしながら、魅惑的《みわくてき》に膨らんだ彼女の乳房に手を這わせた。円を描くように撫でて、指先に触れたぷっくりとした乳首を優しく擦る。一華がピクピクと反応するのを確認して、正は彼女の耳に唇を当てつつ、気持ちを込めて囁いた。

「僕にもう一度あなたを抱かせてもらえませんか？」

——早漏の汚名返上のチャンスをください、お願いします！

「た、だし、さん？」

「一華さん……もっと……もっとしたいんです……」

——あなたを満足させるために！

戸惑いをあらわにする一華の唇を塞いで、舌を絡めながら乳房をまさぐった。柔らかく、すべすべした滑らかな肌が手のひらに吸い付く。これが女の人の身体なのか。男の自分とは肌質からしてまったく違う。ずっと触っていたい心地よさだ。

キスをしながら乳房を触っているうちに、乳首が芯を持ったように硬くしこってきた。

彼女が身体の下で悶えるように身動ぎする。

(気持ちいいんだろうか？)

少しでもそう思ってくれていたら嬉しい。もっと、この手で彼女を感じさせてあげたい。

ゆっくりと唇を離す。見下ろした一華は、頬を真っ赤に染めて、蕩けるほど潤んだ瞳で正を見つめてきた。さっきまでキスをしていた唇は、しっとりと濡れている。

反則だ。こんなのは反則だ。

裸で。無防備で。自分のこの手で女にしたばかりの彼女に、こんな目で見つめられて平気な男がいるはずがない。

しかも彼女は——

(この女性《ひと》は俺の婚約者だ——妻になる女性《ひと》。俺の——)

だから、思いっきり愛してもいいのだと言う自分がいる。

正はよりキスを深くすると、手を乳房から下肢へと移動させた。一華が太腿を寄せるが遅い。正の手が先に潜り込んで、彼女の蜜口をさわりと撫でた。

(濡れてる)

先の名残だろうというのは頭ではわかっている。でも彼女の身体が濡れているという事実が、正を男として高揚させるのだ。さっきまで自分が入っていた処を確かめるように指を一本、中に沈める。途端に柔らかな媚肉のうねりが纏わり付いてきて、きゅっと正の指を締めつけた。

(………………)

知らず知らずのうちにゴクッと生唾を呑む。なんて熱いんだろう。一華の呼吸や身動ぎに合わせて、媚肉が収縮と蠕動を繰り返す。まるで誘われているみたいだ。ゆっくりと抜き差しすれば、とろっとした新しい蜜が染み出てくる。

くちょ……

いやらしい音がして唇を離すと、一華が潤んだ瞳を揺らしつつ、サッと顔を手で隠した。指の間から見える彼女の頬が紅潮している。耳や首筋まで赤い。その犯罪的な可愛さに、自分の顔がだらしなくゆるむのを感じて、正はキリッと表情筋に力を入れた。

(笑った顔を見られて、気持ち悪いと思われたら一巻の終わりだ)

女性は『生理的に無理』と判断すると、取り付く島もなくなる。

『生理的に無理』とは遺伝子レベルで受け入れられない——という意味だ。即ち、『この男の子供は産みたくない』と同義語で、一度この判断を下されると、地球上から他の男が死滅しない限り、覆されることはないと言っても過言ではない。

一華とのお見合いのときに正が熟読した、恋愛考察を綴《つづ》ったウェブサイトによると、女性は出会って三秒でこの判断を下しているらしく、なんとも恐ろしい話じゃないか。

だが、初期段階をクリアしても、女性に心変わりはつきもの。油断はできない。そのため正は、できるだけ初めて一華と会ったときの印象をキープするように意識していた。

昔から笑うとろくなことにならない。大抵の女性は正の笑顔を見て顔を背けるのだから。最愛の婚約者に嫌われたら、きっと立ち直れない。

「ゆっくり触りますね。痛かったら言ってください」

指を二本にして中を掻き回すと、一華は口元を押さえ、声を押し殺しながら小さく震えた。目なんかもう、泣きそうになっていて、そこにまたグッとくる。

「ぁ……ううう……んっ、は～ぁぅ……んっ、んっ、あっ……ふぇ……」

（あー可愛い……天使だ。天使が目の前にいる……早く結婚したい）

この尊さはなんだろう？　正はゆるみそうになる顔を引き締めて、一華を見つめながら愛撫を続けた。指先に全神経を集中し、媚肉をかき分け、彼女の反応が大きくなる処を探す。やがて見つけた、ざらついた襞を撫でるように触ると、一華がビクッと身体を強張らせた。

「ひゃぁああ！」

いきなりの嬌声に驚きはしたものの、中が一段と濡れてきたところを見るに、たぶん好い処なのだろう。指南書にあったGスポットだろうか？

強くなりすぎないように気を付けながら念入りに触ると、一華が太腿を寄せて抵抗してきた。しかし、彼女の中は泉のようにぐちょぐちょになっているのだ。やめるにやめられず、抜き差しするよりも指先で押し上げるように触ると、彼女の中の収縮が急に激しくなった。

「んっ！　んんん……ぅ……ぁは……んぅ、ただしさん……ただしさん……ああっ！」

外まであふれる蜜。とろんと溶けた眼差し。浅くこぼれる吐息。ツンと立ち上がった桃色の乳首。絶え間なく自分を呼んでくれる声。

明らかにさっきよりも濡れている一華の身体から発せられる妖艶な色香に、クラクラしてくる。正は吸い寄せられるように、彼女の乳首を口に含んだ。

中を掻き回しながら、乳首をしゃぶって興奮する。彼女の身体に触れている事実に興奮するのだ。

（早く……早く一華さんの中に入りたい。入りたい。入らなきゃ……）

パジャマのズボンのポケットから避妊具を取って着ける。散々練習したから片手で着けるのも造作ない。時計の針が九時四十五分なのを確認して、正は指を引き抜くのと同時に一華の中に入った。

「え？　ただしさんっ！　ああっ！」

（十五分……よし、十時まで頑張ろう）

「っ……！」

熱いうねりがもたらす至福に酔う。正は一華の両膝を抱え上げて、奥を目指して抽送を開始した。それは指南書で得た知識というよりは、初めから正に備わっていた本能だったように思う。こうするべきだと、わかるのだ。

「あ、そ、そんな……ええっ？　はいって、る……？　あっ！　ああっ！」

「はい。奥までしっかり入ってますよ。一華さん」

「やぁっ……さ、さっきした、ばかりなのに……また……あんっ、ううう、こんな……こんな、なんども……だめ……だめぇ……ぬいてくだひゃ、あんっ！　ぃやぁ！　おねがぃ……ああっ、ゃめ、ぁふぁ……」

「そんなことを言わないでください。僕は何度でもしたい。あなたを抱きたいんです。お願いします。抱かせてください、一華さん」

パンパンと腰を打ち付けながら、揺れるふたつの乳房を揉みしだき、唇を合わせる。

一華は困惑の言葉を漏らしながらも、正にされるがままだ。唇を濡らし、綺麗な眉を切なげに寄せて身悶える様が、悩ましくもあり、愛らしくもある。

女性の「いや」「だめ」「やめて」ほど当てにならない言葉はないと、どの指南書にもあったが、まったく以てその通りだと実感する。

現に彼女の身体は、その言葉とは裏腹にびちょびちょに濡れて、貪欲に正の物を咥え込み、淫らにうねりながら扱き上げているのだから。その締まりは格別で、正をますます興奮させた。

（一華さん。一華さん可愛い。一華さん、俺の一華さん可愛い）

初めて本気で好きになった女性と肌を合わせている。この一年触りたくて触りたくてたまらなかった女性を、思いのままに抱いている。彼女の中に入っている――

昂まった射精感を堪《こら》えているうちに、額に脂汗が滲む。

（だ、駄目だ、このままじゃもたない！）

こんな快楽の坩堝《るつぼ》の中で十五分ももつわけがない。恐ろしいことに、チラ見した時計の針は三分と進んでいないのだ。

正は咄嗟に漲りを引き抜くと、今まで自分が入っていた処に指を二本、押し込んだ。

「ひぁっ！」

ぐじゅっ！　と、淫猥な音が響く。正は一華の腰を持ち上げると、指を抜き差ししながら花弁を広げて蕾をあらわにした。一華の全部が丸見えだ。ぷっくりと膨らんだ赤い蕾を見つけた途端、正はそこにむしゃぶりついていた。

「や、やだっ！」

目を見開いた一華が脚をばたつかせるが、舌で蕾を弾くと可愛らしい声が上がる。

とろとろと新しくこぼれてきた蜜を舌ですくった正は、迷うことなくそれを蕾に塗り付けて、ちゅっと吸い上げた。尖らせた舌を忙しく動かして、ぴちゃぴちゃと集中的にそこを舐める。太腿の裏を押さえると、一華の抵抗が弱くなった。

「あぁっ！」

顔の横までできたつま先をきゅっと丸めて、「う〜、う〜」と声を噛み殺す彼女がたまらなくそそる。恥ずかしいのか、滲んだ涙も似合う。一華の身体はいやらしく開花して、男を誘う蜜をこぼす甘い花になっているのだ。彼女から目が離せない。

「見ないで……見ないでくだひゃ！　舐めちゃいやぁ——あぁぁっ！」

正は蕾をれろれろと舐めしゃぶり、蜜路をたっぷりと指で掻き回す。柔らかくほぐれた彼女の中は、ヒクヒクといやらしく収縮している。正は坩堝を覗き見るように広げて、尖らせた舌を差し込んだ。

辱めに顔を背けながらも、一華の身体は新しい蜜をあふれさせる。なにかに取り憑《つ》かれたように、正は彼女のあそこを舐め回した。

「次はこっちですよ」

濡れた口を手の甲で拭って、多少は射精感の収まった漲りを、再び一華の中に挿れる。

「ああっ！」

悲鳴と同時に見開いた一華の目から涙があふれる。

（一華さん、今度は長くしますから！）

彼女に悦んでもらいたい一心で、正は抽送を再開した。浮き上がる彼女の腰を押さえつつ、真上からのし掛かって奥までしっかりと突き上げる。

こうやって指と交互に挿れて、頭の中で素数でも数えていたら、なんとかなる――かもしれない。

パンパンと濡れた肉を打ち付ける音と、じゅぶじゅぶと粘度の高い音がまざり合う。あまりの気持ちよさに、本能に呑み込まれそうだ。快感から逃げるように、必死で素数を数える。

（二、三、五、七、十一、十三、十七、十九……）

「はぅぁ……だめ……うう、だめです、こんな奥まで……はぁはぁ……あああ……ただしさん、ただしさん、おねがいです、ぬいてください……ぅ、あんっ、あぁっ……ゆるしてください……アァッ！」

懇願し、悶える一華は、正の名前を呼びながら恍惚の表情だ。泣いているのに、その目は蕩けていて、性的な愉悦に染まっている。

「ぬいて」「ゆるして」と終わりを請う言葉に反して、奥の媚肉は絶え間なくうねり、ずっぽりと咥え込んだ正の物に吸い付いて離さない。膣口のひくつきまで加わって、今にも搾り取られそうだ。奥から手前まで思いっきり出し挿れするたびに、ねばねばした蜜が外に汲み出されて白く泡立っている。

一華は気持ちよさそうな声で啼きながら、正の肩に縋り付いてきた。しかも、喘ぎながら腰までいやらしく揺れている。無意識なのかもしれないが、彼女の全身が言い訳できないほど快楽に堕《お》ちていた。

「だめぇ、こんな……こんな、いっぱぃ……おく、いれちゃ……こわれちゃいます……あんっ、あん……う〜、う〜、だめぇ……」

上気した頬、涙で潤んだ瞳、荒い吐息、甘い声、そして淫らに濡れた身体——愛しい婚約者がこんな状態なのだ。ここでやめたら男が廃るだろうが！

「いいですよ。僕の腕の中で壊れてください」

決まった。

今のはいい台詞だ。それに、本心でもある。こうやって自分の腕の中で彼女が気持ちよくなって、その末に壊れてくれるなら男冥利に尽きる。

「ただしさん、ただしさん……あっ、あー、あー、あー……」

「一華さん——」

正は、荒い息を繰り返す一華の頬を撫でて張り付く髪をどけると、彼女の唇を吸った。何度も何度も触れるだけのキスをする。

夢中で腰を振りたくり、啼きながら喘ぐ一華の身体を味わいながら、奥までたっぷりと突き上げる。彼女の中は熱くて、気持ちよくて、もうとろとろに溶けてしまいそうだ。

(好きだ……大好きだ)

この行為がきっかけでもいいから、振り向いてほしい。愛してほしい。これからもずっと、一緒にいたいから。

抽送をとめた正は、抱きしめた一華の耳元に唇を寄せ、想いを込めて囁いた。

「——愛しています」

初めての告白だった。お見合いから一年。交際している間は、一度もこんなことを言ったことがない。政略結婚だから、一方的に気持ちを告げても彼女を困惑させるだけかもしれないという憂いもあったし、彼女からどう思われているのかいまいちわからなかったからというのもある。でも、「こういう関係を望んだのは、あなたへの気持ちがあるからだ」と、彼女に知っていてほしくなったのだ。

しかし、待てど暮らせど一華の反応がない。それどころか、さっきまで正を抱きしめてくれていた彼女の腕が、いつの間にかだらりとシーツに落ちている。

（こ、これは、『好きでもない男に愛されても気持ち悪いのよ』という………）

不安が一斉に襲ってきて、顔から血の気が引く。恐る恐る腕の中の一華を見ると、彼女はぐったりと目を閉じて気を失っていた。

「一華さん？」

彼女の赤い頬にペタペタと触れてみるが、まったく起きる気配がない。

何度か目を瞬いた正だったが、やがてひとつの結論に到達した。

（まさか、イってもらえたんだろうか……？）

オルガスムス、絶頂、昇天――表現方法は多々あれど、性的絶頂がセックスのクライマックスだ。彼女はそこに達して、気を失ってしまったと考えれば、なるほど合点がいく。

（よかった……気持ちよくなってもらえたのかもしれない）

だったらこんなに嬉しいことはない。

正は頬をゆるめると、一華の頭をそっと撫でて、包み込むように抱きしめた。

愛の告白は、今度、彼女の意識があるときにしよう。

それはいいとしても、今のこの状態はかなり生殺しだ。一華の中に挿れている物が、動きたそうにピクピクする。しかし、気絶している一華《パートナー》にこれ以上なにかするわけにもいくまい。もしも続行して途中で彼女が起きたなら、女性が気を失っても己の快楽のためにセックスをやめない変態ド鬼《き》畜《ちく》ゲス野郎だと思われること請け合いだ。せっかく同棲まで持ち込んだのに、破談になってしまう。

正はずるりと漲りを引き抜くと、避妊具を始末した。一応、自分のパジャマは着る。一華にも服を着せようとしたのだが、気絶した人間に服を着せるなんて難易度が高すぎる。

仕方ないので丁寧に布団を掛けて、正自身もベッドに横になった。もう眠ろうと目を閉じる。

が――

（駄目だ。眠れる気がしない）

目がギンギンに冴《さ》えてしまっている。いや、ギンギンなのは別の部分か。

当たり前だ。好きな女性が、すぐ横に、裸で、無防備な寝息を立てているのだ。

しかも今の今までセックスをしていたとなると、海綿体《かいめんたい》の拡張が収まらない。心身ともに健康な成人男性として当たり前の反応をする自分の身体に振り回されそうだ。

正は恐る恐る、一華を抱き寄せた。熱くなった屹立が布越しに彼女に当たるだけで、もう暴発してしまいそうだ。しかし、一華は起きない。

（すみません、一華さん……キスだけ……キスだけさせてください）

高鳴る心臓を抱えながら、正は彼女の濡れた唇にキスをした。

さぁ、僕の上に乗ってください！

「つぐちゃぁ～ん！」

正と初体験をした翌日の昼。実家に逃げ帰った一華は、キッチンでカップアイスクリームを食べていた二美の胸に飛び込んだ。もう半泣きだ。

「い、一華⁉」

昨日、正との同棲のために引越しをした姉が、二十四時間もしないうちに、しかも連絡もナシに帰ってきたものだから、さすがの二美も驚いたらしい。

シフォンのワンピースに、手荷物はスマートフォンとお財布入りのポーチのみという、とりあえず出てきましたという格好の一華を見て眉を寄せた二美が、ガシッと肩を抱いてきた。

「どうしたの？　なにかあったの？　まさかアイツにひどいことされたんじゃ……」

　聞かれた途端、一華の目からぶわっと涙があふれた。堰《せき》を切ったようにあふれる涙がとまらない。

「つぐ、ちゃ――……ぅふぇ……」

「アイツね？　あの埴輪になんかされたのね？　そうなのね!?　あの野郎――」

　二美は鼻息を荒くすると、テーブルの上からスマートフォンを引っ摑んで、電話を掛けはじめた。

「つぐちゃん？　誰に――」

「一華、大丈夫よ。私に任せて」

　宥めるように言われ、一華はしゃくり上げながら、わけもわからず頷いてしまっていた。

　何度か呼び出し音が鳴って、留守番電話に切り替わる。舌打ちする二美がかなり怖い。横顔が鬼の形相だ。「メッセージをどうぞ」と言う機械音声の直後に、二美が凄《すさ》まじい勢いで怒鳴りつけた。

「ちょっと正さん？　一華になにしてくれたの!?　泣きながら帰ってきたのよ！　仕事が終わったら説明しに来なさいよね！　事と次第によっては破談よ、破談！」

　ブチッと電話を切った二美はひと息つくと、呆気に取られている一華を振り向いた。さっきの鬼の形相はどこへやら。もう、いつもの姉を心配する妹の顔をしている。

「おじーちゃんは囲碁《いご》友達のところにいってるの。お母さんも付き添いで出掛けてる。お父さんがまだいるから、私の部屋に行きましょ」

「う、うん」

二美に引き起こされ、彼女の部屋に向かうために階段を上る。するとそのとき、ふたりの父親が部屋から出てきた。今から出勤するのだろう。スーツの父親は、眼鏡を上げながら多少なりとも驚いた様子だ。

「誰が来たのかと思ったら、一華じゃないか」

「お父様……」

昨日、正が迎えにきてくれたときにはいなかった父だ。

「どうした？　おまえは正くんのところに行ったはずじゃ――――ん？　泣いているのか？」

「あ、いえ！　そういうわけでは……」

一華は慌てて指先で目尻の涙を押さえた。こんな顔を見せたら心配させてしまう！

「正くんはどうしたんだ？」

「えっと、あの……その……」

「今日、仕事が終わってから正さん来るってよ！」

うまく説明できない一華の横から、二美がフォローしてくれる。しかし父親は、正が来ると聞いてもたいした反応は見せなかった。

「そうか。で、なぜ泣く？」

「大丈夫だから。おとーさん、重役出勤だからって、のんびりはしてられないでしょ? ハイ、いってらっしゃい」

「いってらっしゃいませ、お父様……」

二美にぐいぐいと背中を押されながら、彼女の部屋に入る寸前にそれだけを言う。父親は釈然としない顔ではあったものの、出勤の時間が迫っていたからか、それ以上はなにも言ってこなかった。

パタンとドアが閉まって、二美とふたりきりになる。

彼女は今日、大学の授業が午前で終わったらしい。

二美は一華にベッドに座るように勧め、自身はデスクチェアに腰を下ろした。

「で? なにがあったの?」

「………」

聞かれた一華は、ギュッと唇を引き結んで押し黙った。自分と正の間にあったアレコレを話すのが恥ずかしいのだ。でも話さなければ、どうにもならない。それに、他の誰でもない二美なら……

一華はしばらく経って、震えながら口を開いた。

「……た、正さんと……えっち……したの……」

元から小さな声が、途中更に小さくなったのだが、二美にはちゃんと聞こえたらしい。

うんうんと頷きながら先を促してくる彼女に、一華は羞恥心で真っ赤になりつつ訴えた。

「……な、なんで、あんなにいっぱいするの……？」

「はぃ？」

二美がポカンと口を開ける。うまく伝わらなかったような気がして、一華はたどたどしくも懸命に説明した。

「初めてしたときは、う、嬉しかったの。痛かったけど……その、やっと、触ってもらえたし……。好きな人だし……。でも終わったら正さんが、『もっとしたい』って。わたし、びっくりして……『抜いてください』ってお願いしたけど、全然聞いてもらえないし。いっぱいされて、わたし、気絶しちゃって……。なのに、朝になったら朝になったで、正さん、またしたんだよ!?」

そうなのだ。

今朝になって、目覚めた一華を待っていたのは、正からの熱い抱擁《ほうよう》とキス。それだけならよかったのが、『昨日の続きをしましょう』と言う彼に、猛《たけ》りきったものをたっぷりと挿れられてしまったのだ。奥までたっぷりと。

「信じられる!?　朝からだよ??」

朝から激しく喘がされるはめになった一華はご立腹だ。しかも、疲労のあまりにまた寝入ってしまい、昼になってようやく目が覚めたときに、正はいなかった。

彼のことだから、時間通りに出社したんだろう。

テーブルの上に、部屋の鍵と共に一華の食事が用意されていたのはありがたいと言えばありがたいのだが、素直に喜べなかった。むしろ無性に悲しくなって、一華は正のマンションを飛び出してしまったのだ。

「いっぱいするし、何度もするし、朝からもするし、やめてくれないし、しかも時間が長いし！　わたしを離してくれないの！　正さんは変態さんだよ！　あんなにされたらわたし、壊れちゃう！　あと目がすごく怖い！」

珍しく激しい感情をあらわにして叫ぶ一華を前に、二美が「あー」と、棒読みな声を出した。

「一華。ソレは変態じゃなくて絶倫《ぜつりん》って言うのよ」

「ぜ、絶倫……？」

思わず反芻した一華の目を見て、二美が深々と頷いた。

「精力旺盛《せいりょくおうせい》ってコト。しかも長いって……ヤダ、なぁに？　正さん、絶倫の上に遅漏《ちろう》なの？」

「ち、ちろ………」

刺激の強い言葉を受けて、ボンッと一華の頭から湯気が出る。

そ、そうか。行為の時間が長いことを遅漏というのか……

（正さんは絶倫で、精力旺盛で、遅漏……）

言葉にすると、なんだか妙にドキドキする。

「……ったく、真嶋の男は全員絶倫なのかしらね……」

「え？」

「いや、こっちの話」

聞き返した一華を二美は軽い口調で受け流し、渋い顔で脚を組んだ。

「一華。やめてって、ちゃんと言った？　ムリならムリ。やめてほしいなら、やめてって本気で言わないと、スイッチが入っちゃった男には伝わらないよ？　一華は可愛いんだから。男は全員狼《オオカミ》よ」

『不快になったら右手を挙げてください。そうしたら僕は絶対にやめますから』

二美に指摘された一華は、セックスの前に正からそう言われていたことを、今になって思い出した。

はたして自分はやめてほしいときに、右手を挙げただろうか？　いや、挙げていない。

初めての行為と正の愛撫に翻弄されて、右手は口を押さえるかシーツを掻き毟《むし》るばかりだった。これでは正にいくら『やめて』と言っても、伝わるはずがない。

彼は、『女性の「いや」や「やめて」といった拒絶の言葉は本心でないケースがかなりある』と言っていたくらいなのだから。

何度もされたのも、『身体は大丈夫ですか？』と聞かれた一華が、大丈夫だと答えたのが原因のような気がする。

そう考えると、正はまったく悪くないのではないか？

「言ったけど、右手を挙げるの忘れてた……だからやめてくれなかったのかも」

「ちょっと待って、なにそれ？　右手を挙げる？　歯医者じゃないのよ？」

「……」

容赦《ようしゃ》ないツッコミを受けて、なんだか居た堪れない思いを味わう。

（……そういえば正さんが『自分は不慣れだから』って言ってたっけ……）

誤魔化しまじりに苦い笑いを浮かべると、二美が小さく肩を竦めてみせた。

「まぁ、目が怖いのは置いといて、何度もする人はいるわ。絶倫は特に。あと、朝からするのは結構一般的だからマイナスポイントと言うほどでもないかな」

「そ、そうなの？」

「うん」

そうなのか。では自分は「不慣れな人」に「理不尽なこと」で怒っていたのか。正は最善を尽くして頑張ってくれていたのかもしれない。なのに自分は実家に泣いて帰るなんて。事を大袈裟にしてしまったのが恥ずかしく、小さくなる。

（どうしよう。つぐちゃんの留守電を聞いたら、正さんがびっくりしちゃうかも……）

焦る一華の思考を、二美の憤りが中断した。

「た・だ・し！　それはセックスに慣れた女の場合よ。一華は処女だったのよ。処女に何度もするなんてあんまりよ。しかも朝から？　絶倫にもほどがあるわ！」

「で、でも、二回目からはそんなに痛くなかったよ？」

出血もないようだった。大丈夫かどうかも確認してくれたし、正は正なりに一華の身体を気遣ってくれていたのだと思う。

「それでもよ。気絶するまでするってなんなの？　扱いがひどすぎる！　いくら政略結婚で愛がないからって、やっていいことと悪いことがあるわ。一華はおもちゃじゃないのよ。そんな自分本位なセックスが許されるもんですか！　絶倫野郎の性欲のはけ口にされたんじゃたまったもんじゃないわよ！」

「……」

（愛が、ない……）

そうなんだろうか？　自分はひどい扱いをされたんだろうか？　正の性欲のはけ口にされたんだろうか？　おもちゃにされたんだろうか？

確かに何度もセックスをされるのは身体も辛かったし、なにより驚いたのだが、弄ばれたかというと、それは違うように思う。

彼は一華に乱暴には触れなかった。優しく触れてくれた。何度も、それこそ身体中にキスしてくれた。それは、愛してくれているからできることではないのだろうか？

（つぐちゃんは怒ってくれてるけど……）

なぜだかツキンと胸が痛む。

「泣くほどいやだったんでしょ？　もう正さんと結婚なんてやめちゃいなよ」

「いや、そこまでは……」

結婚をやめたら？　と言われたら、心がそれを拒絶する。彼と一緒にいたい自分がいる。

でも、泣いた自分もいるのだ。

煮え切らない態度の一華に、二美は不満の様子だった。

◆

◇

◆

「副社長。建造を進めていたLNG船《タンカー》が竣工《しゅんこう》したとハグル社から連絡がありました」

「それは素晴らしい。予定より早かったな」

大塚《おおつか》という同い年の男性秘書から報告を受けた正は、ファイルを読んでいたタブレットから顔を上げてうっすらと目を細めた。表情は大きく変わらないが、これでもかなり喜んでいる。

本当は満面の笑みを浮かべたいところだが、笑うと気味悪がられるので、常に表情筋には力が入っているのだ。それは仕事中も例外ではない。

「今回も副社長の予想が見事に当たりましたね。さすがです」

「ありがとう」

「相変わらずクールですね。でもそこがかっこいいです」

（大塚は相変わらずだな）

彼、得意のおべっかに肩を竦める。大塚は秘書としては非常に優秀なのだが、若干、軽薄な性格をしている。自分の目つきが悪いから、正は秘書に表情豊かなタイプを選んでいた。彼のようなムードメーカーがいると、取引先との商談もやりやすい。そして同時に、彼は女性社員の間ではかなり人気があり、彼女が途切れたことがないらしい。

海運業界は景気の影響を受けやすいという特徴があるが、情勢を先読みできれば安定した業績を残すことができる。

正はアメリカで生産されている格安の天然ガス、シェールガスの世界的な需要が長期化するとふんで、四年前にＬＮＧ船六隻を建造することを決めた。資金調達のために融資銀行として選んだのが、早乙女が経営するあいお銀行。

当時は調達過剰になるという予想を掲げた企業もあったのだが、近年におけるシェールガスの需要は拡大の一途。今回の竣工で、ＬＮＧ船の保有数が国内トップとなる正の会社の事業黒字は確実だ。残りの五隻も四、五年内には順次竣工予定だ。

「実は電力会社からＬＮＧ船の共同保有の打診も来ている」

「各社がＬＮＧ船の重要性に気付いたんですね」

しかし、造船には期間も資金もとてつもなく掛かる。そこで共同保有に行く着くわけだ。

「そういうことだな。まぁ、いいさ。これは締結して損はない。社長に報告しておいてくれ。それから不採算の船は積極的に売却しようか。特に中小型のばら積み船の保有を減らしたいんだ。リストアップしてくれ。あれは市場の影響を受けすぎる」

「油断せず締めるところは締める、ということですね。かしこまりました。それから御崎《みさき》汽船《きせん》から連絡が来まして、コンテナ船事業の統合発表は来月でどうかということでした。これは社長にもご報告しておきますがよろしいですか？」

「ああ、頼む」

御崎汽船とは共同出資会社を設立し、コンテナ船事業を統合することになっている。低迷下にあるコンテナ船事業を中心に、貨物の揚《あ》げ降ろしをする海外のコンテナターミナル事業も統合することにより、経営を効率化する方針だ。御崎汽船は真嶋と違って、ばら積み船がメイン事業で、特にこの一、二年は不況の煽《あお》りを直《じか》に受けている。

ライバル企業ではあるが、同じ海運事業を営むものとして協力するところは協力するべきだろうという正の発案で、この事業統合が水面下で進んでいた。

もちろん、真嶋海運にとってメリットがないわけではない。ＬＮＧ船で利益を上げることができるので、足を引っ張るコンテナ船事業を切り離し別会社を作ることで、真嶋海運という主会社のコスト削減を図ることができる。数字の上だけでも統合効果はあるのだ。

「かしこまりました。――ところで、あいお銀行のお嬢様との暮らしはいかがですか？　昨日、お迎えに行かれたんでしょう？」

仕事の話が終わって、大塚がニヤニヤとした調子で話題を変えてくる。

まだ社外には公表していない一華との同棲だが、正に親《ちか》しい人間は知っている。彼もそのひとりだ。

「脱・童貞しましたー！」なんて言うキャラでもない正は、相変わらずのポーカーフェイスでさらりと受け流した。

「まぁ、普通だよ。今までも結構頻繁に会っていたしね。特に変わりはない」

「なんか結構冷めてますね。そんなもんですか？」

訝《いぶか》しむように大塚は眉を寄せる。もっと糖度の高い話を期待していたのかもしれない。

「お見合いだとそんなもんなんですかねぇ？」

「そうかもな」

（一華さんはな、一華さんはな、天使なんだぞ――――！　本当に可愛いんだからな！）

言いたい。ものすごく言いたい。しかし、そんな話ができるほど、正の性格は気安くはなかった。それにここは会社で、大塚は仕事のパートナーだ。私生活の話をするべき相手ではない。

「お名前は一華様でしたよね。早乙女会長が、目に入れても痛くないほどの可愛がりようらしいじゃないですか。美人なんでしょう？　僕もお会いしてみたいなぁ」

「そのうち紹介するよ」

「よろしくお願いします。あ、そろそろ十七時になりますね。本日もお疲れ様でした。社長に報告を上げたら僕も失礼させていただきます。では！」

明るい返事を残して大塚が出ていく。

副社長室にひとりになった正は、重厚な革張りの椅子に背中を預けて天井を見上げた。

(大塚のあの明るさがモテる秘訣かもしれないな。真似したいところだが、俺のキャラじゃない気がする。ストレートに褒めるほうがまだ違和感なくできそうだな。昨日はあまり言葉が出なかったから、今日は心掛けてみようか。『一華さん、可愛い』って。よし！)

眉間に皺を寄せ、夕日をバックに難しい顔で思案する副社長の様子は、傍から見れば今後の世界情勢や市場の展望に考えを巡らせているように映るだろう。だが、今、正が糞真面目に考えていることは、いかにして一華からの好感度を上げるか、なのだ。

(一華さん好みの男になりたい。どうしたら好きになってもらえるだろう？)

今朝も彼女を抱いた。朝からするなんて破廉恥な、実にけしからん。と、思っていた正だが、推奨しているウェブサイトもあったことだし、そう悪いものではなさそうだと判断してチャレンジしてみた次第だ。

結果としてはかなりいい。前日が生殺しだったこともあり、ずいぶんとのめり込んでしまった感は否めないが、一華には拒絶されなかったし、彼女は腰をガクガクさせながら気をやっていたから、きっと悦んでもらえたんだと思う。それに朝から幸せで、やたらと仕事のテンションも上がる。

（夜は夫婦茶碗が使えるように米を炊こう。いいよな、夫婦茶碗。こう、夫婦って感じで）

夫婦、新婚、新妻――

最愛の婚約者が、ご飯をよそった茶碗を差し出しながら、「あなた」なんて言ってくれるベタな妄想をして顔がゆるむ。

地上四十五階から望む見事な夕焼けを見ながら、正は顎をさすった。

（家に帰れば一華さんがいるというのは実にいいな。食事のあとはコーヒーを飲みながら知的な会話を交わして、夜はひとつのベッドで眠ると。ん？　今日もセックスしていいのか？　でもさすがに毎日はな……。いや、俺は毎日でもいけそうだけど、一華さん的にはどうなんだろう？　確か、セックス頻度が世界二十六か国で日本が最下位だったな……しかも満足度が低い。この統計からわかることは、みんなもっとしたいと思っているのにできていない――ということなんだよな）

では何回が理想的なのかと言うと、密度の濃いセックスを週一の頻度で行うと幸福度が最高潮に達するという統計がある。これは今の正にとって、なんとも悩ましい数字だ。

なにせ、最愛の婚約者とふたりっきりで暮らせるようになったばかり。心身ともに健康な男としては、毎日毎晩毎朝ヤリたいのが本音なのである。

（だいたい密度の濃いセックスってなんだ？）

回数なのか？　刺激的な体位なのか？　マニアックなプレイなのか？　脱童貞しても疑問は尽きない。

（セックスって奥が深いな……ま、帰るか）

そう胸中で独《ひと》りごちながら、正は帰り支度をしようと、プライベート用のスマートフォンに手を伸ばした。すると、留守番電話が入っているではないか。仕事中にプライベート携帯に正は出ないので、それを知っている人間は就業時間後にかけてくる。だから、留守番電話が入っているのは珍しい。

再生してみれば、受話器から流れてきたのは耳をつんざく二美の声で――

『ちょっと正さん？　一華になにしてくれたの⁉　泣きながら帰ってきたのよ！　仕事が終わったら説明しに来なさいよね！　事と次第によっては破談よ、破談！』

普段からなんとなく波長が合わないと感じている未来の義妹は重度のシスコンで、姉の一華を溺愛している。彼女が自分たちの結婚にいい顔をしていないことには薄々勘づいてはいたが、なにが起こったのか、なにを言われているのか、理解が追いつかずにただ目を見開く。

ようやく拾い上げた「破談」という言葉のインパクトも大概だが、それよりも一華が泣いていたということのほうがショックが大きい。

(一華さんが泣いて!? なんで? 俺はなにをした!?)

昨日は買い物をして、食事をして、セックスしかしていない。買い物で落ち度があったとは思えない。食事もだ。じゃあ、心当たりなんてひとつしかない。

ナニだ。セックスだ。

いやがられていないと思っていた、いや、思い込んでいた、いや、いや、いや、セックスが、実はいやがられていたとしたら——自分は童貞の独り善《よ》がりセックスをやらかしてしまったことになるではないか!!

(なんてことだ……!)

一華を傷付けたのは自分だ。一刻も早く謝罪し、許しを請わなくては。待っているのは破談だ。夫婦茶碗を使うどころじゃない。

(冗談じゃない!)

正は青い顔で荷物を纏めると、周りに誰もいないのをいいことに、全力疾走《しっそう》で副社長室を飛び出した。

ひとりになりたいからと二美の部屋を出た一華は、自室のベッドに腰を下ろして、スマートフォンを片手に難しい顔をしていた。

（えっと、『正さんへ……お疲れ様です。一華です。妹からの留守番電話が入っていると思いますが、間違いなので』——ってこれじゃあ、つぐちゃんが悪いみたいになっちゃう。つぐちゃんはわたしを心配してくれただけなのに……変えよう。えっと——）

録音された二美の留守番電話を消すことはできないから、どうか気にしないでほしいと伝えたいのに、うまく纏めることができず、さっきからメールを書いては消し、書いては消しを繰り返している。

（『わたしの勘違いで大袈裟にしてしまって申し訳ありません』こんな書き方したらなにを勘違いしてたんだ？　って思われそう……あぁ……どうしよう……。説明できないよ。朝からえっちするのは変じゃないって、知らなかったんだもん）

一華はコテンとベッドに横になると、打っていた文章を全部消した。今のこのもやもやした気持ちを、言葉でうまく伝えられる気がしない。

正と初めて結ばれたときは嬉しいとさえ思った。立て続けに求められることにはおおいに困惑したが、身体はしっかりと応えていた。今朝だって――

(わたし……あんなに濡れてた……)

正のキスや愛撫に、いちいち心臓が高鳴って、自分でも言い訳できないほどにとろとろに濡れていた。

いやじゃなかった……のだと思う。そのことについては、たぶん怒っていない。気持ちよかったし、何度も「させてください」と言われると、なんだか求められているような気がしたのも事実なのだ。でも同時に、自分の中に入ってくるときの正の目が、いつも以上に鋭くて恐ろしかったのも事実。

そして今朝、なぜだか無性に悲しくなって、涙がぽろぽろとあふれてきたのだ。

どうして泣いてしまったのだろう?

『政略結婚で愛がないから』と言った二美の言葉が頭をよぎって、またツキンと胸が痛む。

それを振り切るように目を閉じると、今度は肌の上を這う正の手のひらの感触が思い出された。彼の手は熱くて優しかった。少し躊躇いながら触るときもあった。かといえば大胆に触るときもあったっけ。

正との情交《じょうこう》を思い出している自分に気付いて、一華の顔がカァッと熱くなる。

(……はずかしい……)

シーツに顔を埋めて悶絶していると、にわかに階下が騒がしくなった。

（なに？）

息を潜めて聞き耳を立てる。すると、二美の怒号が聞こえた。

「正さん。私、言いましたわよね？　『一華を泣かしたら許さない』って。一華はおとなしくてとても我慢強いの。その一華が泣くなんてよっぽどなんですからね！　いったいなにしてくれたのよ!!」

（大変！）

もう、正が来たんだ。ガバッと身体を起こすと、沈みかけた斜陽が目に入る。いつの間にこんな時間になっていたのか。メールを書くことに悩みすぎて、まったく気付いていなかった。

スマートフォンを片手に握りしめ、更にポーチを引っ掴んだ一華は、大急ぎで部屋を飛び出した。

向かった玄関では、正を前にして二美が仁王立《におうだ》ちしている。

直立不動の正は、ひと言も反論することなく、二美に怒鳴られていた。

「つぐちゃん、やめて！」

一華が叫ぶと二美が振り向く。彼女は自分が咎められたことが納得いかないらしい。

「一華、だって!!」

「うん。ごめんね。ありがとう。ありがとう……つぐちゃん」

二美が怒ってくれているのは一華のためだ。それがわかっているから、一華は妹に「もう大丈夫」と微笑んで、正の前に立った。

「正さん……あの――」

彼は一華の顔を見るなり、話の途中にもかかわらず、綺麗に腰を折って頭を下げてきた。

「申し訳ない。一華さん。二美さんから聞きました。あなたを泣かせてしまい、本当に申し訳ない」

「ええっ!? あっ、あの！」

「至らないところは直しますから！ だから破談だけはどうか考え直してください！ お願いします！」

破談なんか考えてもいないのに……彼の顔は見えないが声がかなり必死だ。

一華は焦りと困惑がいっしょくたになった状態で、彼の腕に手を伸ばした。

「正さん、わたしは――」

「ただいま～」

突然玄関のドアが開いて、車椅子に乗った勲と、一華たちの母親が入ってくる。ふたりとも正と一華を見るなり、不思議そうに目を瞬いた。

「なんじゃい。揃いも揃って玄関で」

「あら、正さん。一華も。どうしたの？」

昨日の今日で、正が早乙女家に来る用事はない。明らかに唐突な訪問だと、誰だって思うだろう。玄関先に五人もの人間が集まってある意味カオスだ。そんな中、内心焦る一華をそっちのけで、正がふたりに向かって馬鹿正直に頭を下げたのだ。

「会長、お義母さん。突然お邪魔して申し訳ありません。実は――」

「忘れ物したの！」

正の言葉を遮って、一華は咄嗟に叫んでいた。

顔を上げた正と、棒立ちの二美が無言だ。ただ母親が「あらあら」なんて言う中で、早口でまくし立てた。

「ちょっと忘れ物を取りに来ただけで。た、正さんはお仕事帰りに迎えに来てくれたところなんです」

正のことだ。馬鹿正直に自分が一華を泣かせてしまって、逃げられたから迎えにきたと言いかねない。そんなことが知れたら、いくら政略結婚でも破談になってしまう。勲は一華には甘いから。

「そうだったの～。せっかくだしお夕飯を一緒にどう？」

のほほ～んとした母親の誘いを、一華は力いっぱい断った。

「ごめんなさい、お母様。今日は忘れ物を取りに寄っただけなの。また今度ね！　――つぐちゃん、ありがとう！　また、連絡するね」

一華はぐいぐいと正を押して外に出た。背後で玄関のドアが閉まる音がして、思わずほっと息をつく。すると、首を反らした正がおずおずとした調子で言った。

「あの、一華さん。僕と帰ってもらえるんですか？」

真顔だ。少し不安そうでもある。彼は一華がもう自分のところには戻らないのだと思っていたのかもしれない。

（……話さないと……だし……でもうまく話せるかな……）

一華が躊躇いがちに頷くと、身体ごと向き直った正は口を真一文字に引き締めて、また頭を下げてきた。

「ありがとうございます。どうぞ、乗ってください」

早乙女家の来客用駐車場に停めてあった彼の車に乗せられる。

マンションに向かって走り出した車の中で、先に口を開いたのは正のほうだった。

「二美さんに言われて気付きました。申し訳ありませんでした。一華さんの身体の負担を考えもせずに何度も……僕は鬼畜です！」

（いや、鬼畜って……なにもそこまでは……思っていないのですが……）

なかなかハードな単語が飛び出てきて困惑してしまう。しかもとても思い悩んでいるのか、今まで見たこともないような苦しそうな表情だ。

彼も二美と同じように、初めての一華に何度も続けて求めたことが、泣かせた原因だと考えているらしい。

でも違う。違うのだ。確かに戸惑ったが、むしろそれに対しては、嬉しいと思う気持ちもあったのだから——

「そ、それは……そこまでは……。あの、わたしも手を挙げなかったので……」

「そこも含めて変だと言われました」

どうやら一華が駆けつけるまでに、二美と正は思いの外話していたようだ。

誤解だと説明したいのに、うまく言葉が見つからない。

「どうして泣いてしまったのか……ほ、本当は、わたしにも、よく、わからなくて……」

たどたどしく切り出すと、信号待ちで車を停めた正が、一華のほうを見た。

「……あんなに嬉しかったのに……」

「……」

そこから一華は無言になってしまった。正も黙ってなにかを考えながら運転をしている。

こんなことを言われて、彼も困っていることだろう。面倒な女だと思われたかもしれない。

そう思うと悲しい。でもここで泣いたらもっと嫌われてしまう気がして、一華は唇を引き結んで息を潜めた。

そうしてマンションの駐車場に着いたとき、車を停めた正が、徐《おもむろ》に一華に視線を向けてきた。

「すみません、一華さん。先ほどの『嬉しかった』という言葉は、僕に触れられるのはいやではなかったと解釈してよろしいのでしょうか?」

エンジン音の消えた車内で、落ち着いた正の声だけが静かに響く。

なんだか恥ずかしいことを聞かれている気がしたのだが、これだけは勘違いしてほしくなかった一華は、力いっぱい頷いた。

「そうですか……なるほど……」

「……?」

また、正がなにかを考えている。でも表情からそれを読むことはできない。

彼はひとつ大きく頷くと、車を降りて助手席のドアを開け、一華に向かって手を差し出してきた。

「帰りましょう、一華さん」

「……」

この人から、こうやって手を差し伸べられたのなんか初めてだ。何度デートをしても触れてこなかった手。その手が今、自分に向かって差し出されていることに、一華はどうしようもなくほっとした。

身体を重ねて、きっと一歩進むことができたのだと思う。自分が望んだように、この人との関係は、少しずつ動きはじめているのだ。

「……はい……」

一華が手を重ねると、間を置かずにギュッと握ってもらえる。初めて繋いだ手は、昨日と同じようにやっぱり熱い。

車から降りた一華を、正が部屋まで手を引いてくれた。少し、早歩きだ。懸命に追いかけながら彼の横顔を見ると、いつもより少し赤い。

鍵を開けて中に入っても彼は手を繋いだままだ。離してくれる気配は一向にない。

「あ、あの、正さん……？」

さすがに不思議に思って呼び掛けると、彼はリビングのソファに無造作に鞄を置いた。が、彼の歩みはそこでとまらない。リビングの奥にあるふたつのドアのうちのひとつに手をかける。

「今回の反省を踏まえて、僕なりに打開策を考えてみました」

「は、はい……」

なにか大切なことを彼が言おうとしている。これは聞かなくてはならない。しかし、話しながら彼が開けたドアは寝室。

一華を寝室に引き込んだ正は、ベッドを前にして、至極真面目な表情で振り向いた。

「今回の失敗は、主体側であった僕が興奮しすぎてしまったことが原因だと考えられます。一華さんが魅力的な女性だからとはいえ、やはり鬼畜でした。本当に申し訳ない。僕は未熟者ですが、同じ失敗は二度としません。もう、あなたを泣かせたりはしない。だから、今日は一華さんが僕の上に乗ってみてください。騎乗位は女性上位の体位で、女性が快感を得やすいそうです」

「えっ？　き、きじょ……？」

素で聞き返した一華に、正はハッとしたように手を離し、自分のジャケットを脱いでネクタイを抜き取った。

「二美さんから、一華さんが僕の目が怖いと仰っていたと聞きました。隠します！」

「へっ？」

完全にフリーズしている一華の目の前で、彼はネクタイを使って自分で自分に目隠しをすると、ベッドのど真ん中にドーンと仰向けになった。

「さぁ、一華さん！　僕の上に乗ってください！」

なにがどうしてこうなったのか——誰か教えてほしい。

誠実で真面目で品行方正な紳士だったはずの婚約者が、ネクタイで目隠しをしてベッドに横になり、「さぁ、僕の上に乗ってください！」だなんて、馬鹿なことを言っているのだ。どこからどう見ても立派な変態さんである。

「あ、あの……正さん……？」

クラクラしながら頭を抱えていると、仰向けになったままの正が、一華に向かって手を伸ばしてきた。

「僕に触れられるのがいやではなかったと言ってもらえて、嬉しかったです。一華さんの中に、まだその気持ちがあるなら……僕にチャンスをください……」

ドクンと心臓に一気に熱いものが流れ込んでくる。

この人は一華に許されたいのだ。泣かせてしまったと後悔してくれている。

実家にまで迎えに来て、二美に怒鳴られても黙って受け入れ、祖父や母親にも詫びようとして、今も怖がらせまいと、こんな目隠しまでして……

それもこれも全部、一華に許されたいがため。それは、少しは一華に気持ちがあるからではないのか？

(正さん……)

愚直《ぐちょく》とも言える、彼の不器用な誠実さが愛おしい。

そうだ。自分も初めてだったが、彼も初めてだった。お互い経験もない初めて同士で、いきなりうまくいくはずがないのだ。この躓《つまず》きは、絆《きずな》を深めていけば乗り越えられるものかもしれない。この人と乗り越えていきたい。夫婦になるのだから。

一華は正の手をそっと握った。

「あの……わたしは、どうすれば……？」

恐る恐る尋ねると、正が手を握り返してくれた。

「まずはハグからというのはどうでしょうか。昨日はいきなりキスからはじめてしまいましたから……」

あえて昨日とは違う手順でしてみようということなのだろう。名案かもしれない。

一華はそろそろとベッドに上がると、遠慮がちに正の上に重なった。跨ぐなんてできなくて、ほんのちょっと正の胸の上に頭を乗せただけだけれど、それでも緊張する。

「あ、あの、重くありませんか？」

「まったく。むしろ、もっと乗ってください。そのほうが安定します」

「そ、そうですか？　では失礼します……」

はしたない気がしたけれど、どうせ正には見えないのだ。一華は意を決して、正の腰を跨いで乗っかり、ぴとっと彼の胸に頭を置いてみる。すると、正が包むように一華の背中に手を回してきた。

「ありがとうございます」

どうしてお礼を言われるのかがわからずに小さく顔を上げると、視界に入った正の口元が少し柔らかく弧を描いていた。

(正さんが笑ってる？)

彼はニコニコと愛想よく笑うタイプではないから、笑ったところなど今まで見たこともない。目が釘付けになっていると、ゆっくりと髪を梳かれた。

「チャンスをありがとうございます。でも、無理しないでくださいね。やめたいときはやめてください。なにも言わなくてもいいです。右手ももちろん挙げなくていいです。見えませんからね。見えない僕ができることは、せいぜい両手を動かして、こうやって触るくらいです。いやなときは撥《は》ね除《の》けてもらって構いません。ご希望があれば言ってください。全部、一華さんのお望みのままにします」

言われて一華はゆっくりと目を閉じた。正の心臓の音が聞こえる。

トク、トク、トク、トク――……規則的なそれは、かなり速い。もしかすると、一華の心音より速いかもしれない。

緊張なんかしないと思っていたのに、この人は今、緊張しているのか。

「じゃあ、ずっとこのままでもいいんですか?」

この心音がどう変わるのかが知りたくて、そんなことを聞いてみる。

「構いません。ずっとこのままということは、一華さんが側にいてくれるわけですから」

彼の心音は変わらない。それどころかむしろ速くなっていく。彼は一華の頬を手探りで撫でると、また口元を柔らかくした。

「一華さんとこうしていられるだけでも、僕は幸せです。このままがいいですか?」

彼の言葉は誠実なのに、ツキンと胸が痛くなる。

昨日はあんなに何度も求めてくれたのに、もうしてくれないのだろうか。昨日たくさんしたから、もう満足してしまったのだろうか？　飽きてしまったのだろうか？

そう思うと、自分でもなぜだかわからないが、無性に胸が痛む。

たくさんされて戸惑ったり、嬉しがったり、自分でも矛盾していると思う。けれどもそれが、今の自分なのだ。この人に求められたい。

一華は少し上体を起こすと、正の唇に触れるだけのキスをした。

「いや……。キス、して……触ってほしいです……」

正は一瞬だけ身体を硬くしたが、すぐに頷いてくれた。

「はい、喜んで。僕はあなたのものですから」

そんなことを言われるとは思っていなかっただけに、ちょっと嬉しい。一華はよじよじと正の口元に近付いて、正の唇を少し吸った。

（わたし、すごいことをしてしまっているような）

でも、やめたくない。正の唇は薄いけれど、あたたかくて柔らかい。ちゅっちゅっと、合わせていると、ゆっくりと彼の口が開いて下唇を挟み込むように食まれる。

ちぅ……と、濡れた音がして、いつの間にか口の中に彼の舌が入っていた。

「んっ……は……」

口蓋を舐められて、思わず甘い声が漏れる。そんな自分の声に驚きもするのに、舌を搦め捕るように吸われるのが、気持ちよくてやめられない。正が自分の希望に応えてくれることが嬉しいのだ。

くちゅり、くちゅり……

だんだんとリップ音が激しくなって、口内を掻き回される。彼は一華の頬にあった手をするりと落とし、肩から背中にかけてを触ってきた。大きな彼の両手が、背中を何度も上下する。

くっついている胸やお腹が、さすられた背中が、搦め捕られた舌が——熱い。

（正さん、正さん……）

一華がキスに夢中になっていると、ワンピースの裾がたくし上げられて、中に正の手が入ってきた。

「っ！」

ショーツに包まれたお尻を両手で撫でられて、ピクッと肩が揺れる。そのことを敏感に察知した正が薄く唇を離した。

「いやでしたか？」

正は一華がいやがっていないかを気にしているようだ。しかし、一華が考えていたのは違うこと。

（よ、よかった……。正さんが目隠ししてくれてて……）

今、自分はたぶん、変な顔をしている。キスして、触ってもらえることが嬉しいのだ。

すごくドキドキする。

「ううん……いやじゃないです」

一華は正の問いにようやく答えると、自分から彼の唇を吸った。

彼は一華に許されたくてたまらない哀れな僕《しもべ》だ。翻弄されるばかりだった昨日はなかった主導権が、今は自分にある。

怖くなったら、正の上から飛び退いて、部屋を出ればいい。「許さない」と言えばいい。でも受け入れることも許すこともできる。そして今は、受け入れたくて、許したい。

（だって、この人が好きなんだもの）

舌が絡んでまたキスが深くなる。それと同時に、正の両の指先が一華の秘処を這い回りはじめた。ショーツのクロッチが優しく上下にさすられる。それだけで、明らかにキスとは違う音が、くちょっと聞こえた。

「濡れてる」

キスの合間の囁きには気付かない振りをして、ギュッと彼の胸元のシャツを握りしめる。恥ずかしいけれど、やめてほしくない。布越しに蕾を捕《と》えてゆっくりとさすってもらうと、その甘い刺激に鼻から抜けるような喘ぎが漏れてしまう。

「あ……んっ……」

「一華さん、可愛い」

ぽつりと言われて、ますます顔が火照っていく。正には見えないとわかりながらも、一華は彼の胸に顔を埋めた。

お見合いのときにも言われたことがある。でもそれは、「こんな可愛いお嬢さんとお会いできて嬉しい」というような、社交辞令的なものだった。一華に向けての言葉ではなく、祖父や両親に向けてのものだったのだ。でも今は、明らかに一華本人に向けられている。

「な、なんです……？　急に……」

「可愛いから、可愛いと言いました。正直な感想です」

「見えないのに」

「そうですが、声は聞こえます。可愛い」

「……」

正は一華の頭のてっぺんを頬でスリスリと撫でて、柔らかな声で囁いてきた。

「もっと聞かせてください」

濡れそぼった蜜口に、浅く指が一本沈められる。身体が奥から一気に目覚めて、一華をぶるっと震わせた。

「ぁ……」

「いやじゃないですか？」

くちょん、くちゅっ……と艶めいた音がゆったりと響く。いつの間にこんなに濡れていたんだろう？　身体の中をまさぐられるだけで、まだ触られていないところまでジンジンしてくるみたいだ。ピンと立った乳首がブラジャーに擦れて、余計に感じてしまう。

一華は正の胸に縋り付いて頷いた。

「へぃき……」

「指を増やします。辛くなったら言ってくださいね」

そう言った正は、一華の中に二本目の指を挿れてきた。昨日もあった内側から押し広げられる感覚。でもそれ以上に、お腹の奥がジュクジュクと疼いて一華を甘い声で啼かせた。

「あぁ……う……んく……ぅ……」

「とろとろですね。気持ちいいですか？」

「は、はい……んぅ……」

指を浅く出し挿れされるたび、自分の中に入ってきた物を確かめるように、肉襞が淫らに蠢く。その動きは一華の意思ではとめられない。

ワンピースの中で繰り広げられる秘め事は誰にも見えやしないのに、彼の指先で中まで曝《あば》かれていくのがわかる。

（恥ずかしいよ……）

でも気持ちいい。

「よかった。一華さんに悦んでもらえたら僕は嬉しいです。じゃあ、もっと挿れますよ」

今度は反対の指も挿れられる。三本目の指だ。身体が中から広げられてしまう。正は挿れた左右の指を、交互に抜き差ししてきた。

「いっぱい入りましたね」

「うう……ぃや……」

「すみません。意地悪でしたか？　でもすごく締まってる。ほら……」

彼の指の関節が、肉襞をゴリゴリと擦る。自然と腰が浮き上がって、蜜口が咀嚼するかのようにヒクヒクと痙攣した。しかも、お行儀悪く涎を垂らしてしまっている。まるで、もっと、と催促してお尻を上げているみたいだ。

恥ずかしい。こんな恥ずかしい姿を彼に見られたくない。正の腰に跨がった状態で、何本もの指を同時に出し挿れされて、気持ちよくなって喘いでいる姿なんて。でも彼は見えないから——そう思うと、どこか解放された気持ちになって、どんどん淫らな欲望が高まっていく。

奥を突かれたい。昨日みたいにたくさん奥を突いて、欲しがってほしい。

——この人に求められたい。

「っ……！　はぁう……！　ああん！」

感極まったところで、ずぼっと指が抜かれ、一華は思わず声を上げていた。

「ああっ！　やだ！　どうして？」

切ない眼差しを向けて訴える。もっとしてほしかったのに、と。普段なら絶対にしないことなのに、急に取り上げられた快感を取り戻そうとする本能に突き動かされていたと言っても過言ではない。

「もっと奥を触ってあげたいんですが、この体勢ではちょっと……」

もう指が届かないのだと彼は言う。確かに体格差を考えても無理がある。

(じゃあ、もうしてもらえないの？　そんなのやだ……)

この身体はもう知っている。この行為に続きがあることも、この人が自分の一番奥に来たことも、歓びを残していったことも、知っているから求めてしまう。

一華は正の胸に額を押し当てて懇願していた。

「もっと……もっと……してほしいです……」

トントンとあやすように背中を叩かれ、ギュッと抱きしめられる。あったかくて、正の匂いがして、すごく安心する。この人の腕の中にいたいと、自分の全身が言っているのがわかる。本当はこの一年、ずっとこうしてもらうことを望んでいたんだろう。

「していいんですか？」

一華が頷くと、正が熱い息を吐くのがわかった。

「ベッドサイドにあるテーブルの引き出しを開けてください。缶があるので取ってもらえますか？」

「あ、はい」

手を伸ばし、言われた通りに引き出しを開ける。中に黒い長方形の缶があるのがすぐにわかった。いかにも正が好きそうな、モノトーンのスタイリッシュな缶である。

「これですか？」

（なんだろう？）

ひょいと摘まんで取り出す。しかし、蓋の部分だけを持ち上げてしまったらしく、運の悪いことに正の顔の上で缶が開いてしまった。

「あっ！」

缶の中からバラバラと落ちてきたのは、ひとつひとつ切り分けられた避妊具で――

それを見た一華は、硬直したままボンッと顔から火を噴いた。

「～～～っ！」

「あの、ひとつでいいんですが……」

顔の上に無数の避妊具をばらまかれた正の声もさすがに動揺しているような気がする。

視界の覆われた彼のおでこには避妊具がひとつ乗っかっていて、非常にシュールな光景だ。

「す、すみません…………」

一華は慌ててそれをどけた。

次の段階に進むのに必要な小道具なんて、コ、コレしかないいじゃないか。

なのに一華は、正がなにを用意しようとしていたのか、まったく頭が回っていなかったのだ。自分で「もっとしてほしい」なんて言っておきながら、この缶が避妊具の保管容器であることに気付かなかったなんて、察しが悪いにもほどがある。

（わたしのバカ……）

恥ずかしくて、正の目が塞がれているにもかかわらず、一華は両手で自分の顔を覆った。これは雰囲気ぶち壊しというやつではないのか。一華が半泣きになっていると、正に呼ばれた。

「一華さん」

顔から手をどかすと、正が大きく両手を広げてくれている。まるで「おいで」と言われているようで、少し嬉しい。

おずおずと重なると、ふんわりと優しく包まれた。

「手を広げるだけで一華さんが来てくれるなんて、以心伝心みたいで嬉しいですね」

今のはかなりわかりやすいハグの合図だった。鈍い一華でもわかったのだから、たぶん誰でもわかるだろう。けれども正は、何度も「嬉しい」と繰り返した。

「だって、今までの僕たちでは、こうはいかなかったと思いませんか?」

そう言われて一華はハッとした。確かにそうだ。何度デートをしても、手すら繋いでこなかった正なのだ。その彼が、デート中に突然両手を広げたとしても、昨日までの一華には意味がわからなかった可能性はかなり高い。でも今の一華はわかった。そうして自分から彼の腕に飛び込んだのだ。

「そうですね。わからなかったかもしれません」

「僕たちは夫婦になるんですから、もっとわかり合うべきではないでしょうか。僕は一華さんを知りたいし、理解したい。あなたの心も身体も全部を知りたい。あなたを誰よりも大切にしたい。もう二度と悲しませたくないんです。だから、教えてください。嬉しいことも、悲しいことも、気持ちいいことも、嫌いなことも、全部」

一華が自分でも説明できなかった涙の理由《わけ》を、この人はなかったことにしないで心を砕いてくれている。そのことが素直に嬉しかった。

「正さん……。今、わたしは嬉しいです」

「一華さんが嬉しいときは、僕も嬉しいです。じゃあ、次はどうして欲しいですか？　教えてください」

頭のてっぺんに頬擦りされて、額にキスが落ちてくる。大切だと言われて嬉しくて、求める気持ちばかりが強くなって、自然と顔が上がった。

そうして重なった唇は、今まで以上に深いキスを連れてきて一華を甘く酔わせてくれる。

蕩けた脚の間を、硬い物が押し上げて一華は腰をもじつかせた。

身体がこの人が欲しいと言う。昨日までは知らなかった感情だ。ただ、触ってほしいと思うよりも深く、強い、女としての感情。

「んっ……あの……続きを……」

再度の懇願に自分でも呆れてしまう。どれだけしたいんだと、正に嗤われてもおかしくないかもしれない。しかし彼は唇を合わせながら囁いてきた。

「僕もしたいです」

そんな言葉と共に、正がベルトを外す。昨日は聞かなかった金属音に、なぜだかひどく興奮した。

やがて、熱を持った塊が秘裂に押し充てられ息を呑む。それは膜と滑りを伴って、一華の敏感な処をゆっくりと上下に擦ってきた。誘うようなその動きが気持ちよくて、熱い息が漏れる。

「んっ……」

「一華さん、このまま挿れてみてください」

「は、はい……」

一華は浮かせた腰を不器用に動かしてみた。それに合わせてにゅるんと滑った先端に蕾を擦られて、ビクッと震えてしまう。

「……んっ……」

もう一度試してみるが、うまくできない。わざとじゃないのに、何度もぬるぬると蕾を擦るはめになって、恥ずかしいのに気持ちいい。そして、もどかしくて身体が疼く。

一華は正にしがみついたまま、懸命に腰を動かした。でもうまく入らない。

「んぅ……んっ……はいらな……」

「たぶん、見えないのが原因かと。一華さん、身体を起こして上から挿れてみてください」

「はい……」

上体を起こした一華は、躊躇いながらもワンピースの裾を持ち上げた。相当恥ずかしいことをしているのだが、正には見えないのが救いだ。

腰を浮かせてみると、隆々とした正の物が目に入った。

「…………」

初めて直視したそれの雄々しさに、一華は思わず口を覆った。想像以上に大きくて、怖い。もう、正のお臍に届きそうなくらいに反り返っている。しかも、一華のいやらしい汁が塗りたくられていて、妖しくぬらついている。

昨日、自分はあんなに太くて長い物を入れられていたのか。

(嘘……入るの？　でも入ったのよね？)

最初、あんなに痛かったのも頷ける気がする。

一華が固まっていると、正が手を添えてそれを起こし、一華の秘処を突いてきた。

「……んっ」

触れられただけで、ゾクッとした甘い刺激が身体中に走る。そのことがわかっているかのように、正の手が一華の腰に触れてきた。

「このまま腰を落として。大丈夫だから」

「は、はい……」

正が大丈夫と言うのなら、彼の言葉を信じよう。

一華はワンピースの裾を持ち上げ、自分の口元を押さえながら、ゆっくりと腰を落としていった。ショーツの隙間から覗くのは、正の物で押し広げられていく花弁だ。正の物が、ぐちゅぐちゅと音を立てながら自分の身体の中に入ってくる。そのいやらしい光景から目が離せない。

めいっぱい蜜口が押し広げられていくのと同時に、自分のものではない熱が身体の中に染み込んでいく。それは甘美な刺激に他ならない。

彼の全てを呑み込んだとき、一華は目を閉じてため息をこぼした。みっちりと中を埋められている。隙間なんてない。彼の形までわかる。

苦しくて、熱くて、気持ちよくて……頭がおかしくなりそうだ。

「ああ……一華さん……」

正が吐息まじりに自分を呼ぶ。その声が異様に艶っぽく聞こえて、勝手に蜜口がきゅうっと締まった。

「一華さんの好きに動いてください。ご自分の気持ちいい処に当てて」

「そ、そんな……」

そんなことを言われても、どうすればいいのかわからない。戸惑いしかない一華の腰を正が両手で摑んで、ゆるゆると船をこぐように前後させた。正の物が濡れた媚肉を擦りながら、中を掻き回す。張り出した部分でお腹の裏をぐりぐりと擦られて、思わず声が出た。

「あぅ……んっ……」

「そう。一華さんの好きに動いていいんですよ。僕でたくさん気持ちよくなってください。お手伝いしますから」

正は腰に手を添えたまま親指を伸ばすと、真っ赤に熟れた蕾を丹念にいじりはじめた。

「ひゃ……ぁん……ぅ……」

あふれた蜜でてらてらに濡れたそこは、正の指からつるんと滑って逃げるものの、すぐに捕らえられてコリコリと捏ね回される。お腹の奥がきゅんきゅんと疼いて、揺らされている腰がとまらない。

一華は咄嗟にワンピースの裾を下ろして、繋がっている処と、蕾をいじる彼の指を隠した。無意識に腰を振っている自分に気付いてしまったのだ。

（恥ずかしい、恥ずかしいよ……でも、気持ちいい……）

正だって、一華が自分で腰を振っていることにきっともう気付いている。でも、とまれない。蕾をいじられるのも、中を搔き回されるのも、自分から溺れたくなるほど気持ちいいのだ。

たぶん、刺激としては奥をたっぷり突かれていた昨日のほうが強いのだと思う。しかし、今あるのは、肉体的な快楽に加えて、好きな人と繋がっているという精神的な充足だ。自分の中に彼がいる。そのことが一華を内側から満たすのだ。

この充足のために、昨日は与えられるばかりだった快感を、今は自分で貪る。こんな自分を正はどう思っているだろう？　淫らな女だと思われているかもしれない。でも、気持ちよすぎてやめられない。

正の腹の上に両手を置いた一華は、懸命に腰を振っていた。

「あっ……あっ……、んく……ふぅうう、ぁあ……ふぅう……正さん、正さん……」

熱に浮かされたように正の名前を呼ぶと、彼の左手が伸びてきて宙を搔いたと思ったら一華の乳房に触れてきた。布越しの愛撫だったが、ゆっくりと揉まれていく感触に、子宮が疼く。それは、もっと、もっと、という催促で、一華の腰の動きを前後から上下に変えさせた。

「んっ……んっ、ん、ん……っあ！　ああ……」

自重が加わって、子宮が押し上げられるような感覚に声が高くなっていく。すると、正が背中を反らせて眉を寄せた。

「うっ……っ、一華さん待って」

「ふぇ……？」

気持ちよくなっていた一華は、腰をぐっと押さえられて思わずハッとした。

「ご、ごめんなさい。重かったですよね。今どきますっ！」

好き勝手動いていたのだから、下敷きになっている正が苦しくなってもおかしくはない。それに一華は豊満な胸のせいか、同じ身長の二美より体重が重くて、密かにそのことを気にしているのだ。

慌てて彼の上から退こうとしたのだが、正が飛び起きてギュッと抱きついてきた。

「違います！　そうじゃなくて！　動かないで。出そうだから――っ！」

額に脂汗を浮かべた正は、息を荒くして胸に縋り付いてくる。

(出そうって――あ！)

どういう意味なのか理解した一華はポッと頬を染めた。

(気持ちよくなってくれたのかな……？)

だといい。彼がこの身体で満足してくれたら、なんだか嬉しい気がする。

一華がゆっくりと抱きしめ返すと、正が顔を上げた――そのとき、彼の目を覆っていたネクタイがずれ落ちた。

「………」

時間にして数秒、視線が絡む。正は珍しく目を見開いて一華を凝視していた。

「す、すみません！　すぐに隠します！」

彼は慌ててネクタイを目に巻き直そうとする。その手を一華がとめた。

「あの、大丈夫。そのままで」

「でも怖いのでは？　僕は目つきもよくありませんし……」

そう言った彼が少し視線を逸らす。このとき、一華は初めて、正が自分の目つきを気にしていることに気が付いた。

彼は確かに目つきが鋭いほうで、たまに睨まれているような気がしてしまうのだが、それは切れ長の目だからだ。そこがクールでかっこいいのに。

昨日の行為の最中に正を怖く感じたのは、彼の中に初めて男の人を見たからだと思う。女の身体を貪る男の人の性を。

「怖かったのは……本当ですけど……今は平気です」

むしろ、一華の機嫌を窺う彼を少し可愛いと思ってしまう。一華がそっと頭を抱くと、彼は柔らかく目を閉じて乳房に頬擦りしてきた。

「僕は一華さんが側にいてくれるなら、きっとなんでもするでしょう。それを見て人は嗤うかもしれませんが、僕は構わない。いくらでも馬鹿になれます」

自分で自分に目隠しをしたことを言っているのかもしれない。あれはどう考えても、普段の彼なら絶対にしないことだ。自分を曲げることになっても、一華が怖がっていると聞いたから、あえてそうしたとしか思えない。

あんなに細かいことまでこだわって気にする人が、自分を曲げた。

「どうして……？　どうしてそこまでするんですか……？」

一華の問いに、正はふんわりと笑った。初めて見た彼の笑み――目を細め、唇で弧を描いたその笑みは、実年齢よりも幼く見える。男の人の顔というよりは、はにかんだ少年のようで、一華の目は釘付けになった。

なんて素敵な笑顔なんだろう。彼がこんなに表情豊かに笑うなんて思いも寄らなかった。直視するのが眩しいくらいで、心臓がドキドキする。そして、彼の答えに期待してしまっている自分がいる。

「そんなの、決まっているでしょう？　あなたが大事だからです」

正は意味深に囁くと、固まったままの一華にキスをしてきた。優しいキスは彼そのもので、一華を溶かしていく。

（正さんっ！）

「んっ、あ、ぅ……」

舌を絡められている最中に、背中に回った彼の手が、ワンピースのファスナーを下ろす。

キャミソールも一緒につるりと肩から落とされると、もうそこにはブラジャーしかない。

「ふぇ……？」

あっという間に脱がされてろくな反応ができないでいると、正が目を細めて意味深に笑った。

「僕は一度覚えたことは忘れません」

彼はブラジャーのフロントホックをパチンと外し、こぼれ出た乳房に顔を埋めつつ、ちゅっとその先を吸った。

「ゃあん――っ、うんん！」

声が上がるのと同時に背中が反ったのも束の間、一華は正に抱きしめられたまま、下から突き上げるように揺さぶられた。びしょびしょに濡れた膣が、容赦なく侵される。

「はぁうっ！　あっ、あっ、っうあ！」

自分の意思ではなく、いきなりはじまった抽送に目の前が真っ白になった。揺れる乳房にかぶり付き、れろれろと乳首を舐めしゃぶりながら揉みしだかれるのだ。断続的な突き上げと、肌を這い回る彼の舌が、気持ちよすぎて頭がふわふわする。

やっとの思いで見た正の目は、頬を紅潮させて喘ぐ一華を閉じ込めて、獣のように鋭く細まっていた。

（あ……わたし、見られてる……）

あの目が怖かったはずなのに、おかしい。身体が芯から火照る。

「ただし、さん……」

正の肩に両手を回して抱きつくと、彼が唇を合わせてきた。ふたつの乳首をくりくりと摘ままれて、蜜口がきゅっきゅっきゅっと忙しなく締まっていく。

「あ……ふぁ……ああ……んぅ……んっ……」

「はー、はー、っ、く……はぁはぁはぁはぁ……」

一華と正、お互いの吐息が唾液と一緒になってまざり合い、ベッドの軋む音とぐちょぐちょとした粘着質な音と共に部屋に響く。汗ばんだ身体を繋げ、お互いを貪る行為に時間も忘れて没頭した。

誰も来ないふたりっきりのこの部屋は、一華を優しく閉じ込める。

一華は揺さぶられながら、自分でも腰を振っていた。この人を自分の中にとどめようと足掻く本能のようなものが、働いたのかもしれない。

「く……ッ、あ――――っ！」

正の咆哮《ほうこう》と共に、鷲掴みにされていた乳房に指が食い込む。それすらも快感に思えたとき、身体の奥で正の物がビクビクと脈打った。

「はぁはぁ……っ、はぁはぁ、はぁはぁ……」

正が荒い息を吐く。

一華は彼に抱きついたまま、目を閉じてぐったりと放心していた。身体にまったく力が入らず、指一本たりとも動かせそうにない。

正は一華の背中を繰り返しさすって耳元に軽くキスすると、繋がったままゆっくりと身体を倒して、一華をベッドに寝かせた。

一華に覆い被さる形になった彼は、頬に張り付いた髪を丁寧によけながら、ボソボソと呟いた。

「――――」

なにを言っているのかまったく聞こえない。おそらく一華に聞かせるためのものではなく、彼の独り言なんだろう。一華が動かないから、また気絶したと思ったのかもしれない。

このとき一華は、なんとなく寝たふりをすることにした。まだ余韻に浸っていたかったというのもあるし、正がまた独り言を言うかもしれないと思ったからだ。

しばらくして正は中の物を抜くと、ギュッと抱きしめてくれた。

期待していた独り言はもうない。代わりにキスがゆっくりと降ってくる。耳に、頬に、瞼に――繰り返され、まるで愛されているようで気持ちいい。

(正さん……昨日もこうしてくれていたのかなぁ……だったらいいなぁ)

目を閉じたまま、そんなことを考える。

一華は朧げながらも、自分の涙のわけがわかった気がした。

――たぶん、寂しかったのだろう。この人に側にいて欲しかったのだ。でも目が覚めたときにいなかったから、悲しくなってしまった……

そのとき、正がベッドから出ようとする気配がして、反射的に瞼を持ち上げる。そんな一華に気付いた彼は、起こしかけた上体をそのままに、目を細めて髪を撫でてきた。

「すみません。起こしてしまいましたか？」

「いえ……」

静かに目を伏せる。髪を梳く正の指先が心地いい。

「食事の支度をしてきます。一華さんは眠っていていいですよ。それともシャワーを浴びますか？」

仕事をして、一華を迎えにきて、セックスして――一華の我が儘に振り回されて疲れているだろうに、食事の支度までしようとするなんて。

優しくされるのは嬉しいが、それだけでは満足できないと言ったら、この人はなんと言うだろうか？

（正さん……わたしは……）

この人に必要とされたい。ただひと言、「愛してる」と言われたい。

一華は正を見つめて、彼の顔に手を伸ばした。

「今日、正さんの笑ったお顔を……初めて見ました」

「っ！」

　正はなぜか一瞬、頬を強張らせて目を逸らすと、「お見苦しいものをお見せしました」と謝ってきた。

「どうして？　素敵でした……かっこいい……わたし、好きです……普段も素敵だけど、正さんは笑うともっと素敵」

「え？」

　そう言って彼はかなり驚いた顔をする。どうしてそんなに驚くのか、一華のほうが不思議に思ったくらいだ。

「実は僕、昔から笑うと評判が悪いんです。みんな目を逸らすし、確かに気持ち悪い顔になるので、人前では意識して笑わないようにしていたくらいで……笑いを堪えると、今度は睨んでいるように見えるらしく、なんともうまくいかなくて」

　彼にそんなコンプレックスがあるなんて知らなかった。確かに時々睨まれているように感じることはあったし、普段から笑わない人だとは思っていた。でも我慢しているだけなら、本当はもっと表情豊かな人なのかもしれない。そう思ったら、もっと彼のことが知りたくなった。もっと彼のいろんな表情が見たい。

「気持ち悪いなんて絶対にないです。今だから言いますけれど、わたし、正さんのお顔、すごく好きで……その……ひと目惚れで……」

「……そんなことを言ってもらったのは初めてです……」

正がふわっと笑って、さっきの笑顔を見せてくれる。そのレアな笑顔に胸がきゅんと高鳴った。自分はやっぱりこの人のことが好きなんだ。だから、この胸にある「好き」を、彼に伝えたい。もう裸も恥ずかしい処も隅から隅まで全部見られて、触られてしまった。隠すところなんてありはしない。あとはこの心の中を見せるだけ。

一華はたどたどしい口調ながらも、ゆっくりと言葉を紡いだ。

「わたし、正さんに触ってもらうの、やっぱり好きでした。キスも、好き……。さっきみたいにぎゅってして、撫でてもらえるのもすごく嬉しい、です……。好きです」

「それは、あの。こういうふうに?」

正が一華の身体を包み込むように抱いて、頭を撫でてくれる。その手は、「こんなことが好きなのか?」と、少し驚いているようでもあった。

「ん……これ、好きです……気持ちいいの……。正さんにぎゅってしてもらうの好き」

一華は正の背中に手を回した。

(正さんが好き。だからわたしのことも好きになってください)

「朝、ひとりぼっちで寂しかったです……。えっちしたらもう、いらないって言われたみたいで——」

「そんなこと!」

涙の理由《わけ》を語る一華を遮って、正が叫ぶ。彼は苦い表情を浮かべると、一華を抱く腕に力を込めてきた。

「そんなこと、あるわけない。あるわけないです。大事な一華さんをいらないなんてない。――あぁ、でも、僕の態度が一華さんを悲しませたんですね。確かになにも言わずに出勤したのはよくありませんでした。一華さんにしてみたら、置き去りにされたように感じますよね。申し訳ない。配慮が足りませんでした。でも言い訳に聞こえるかもしれませんが、あのときは起こさないほうがいいと思ったんです」

わかっている。彼はそういう人だ。優しくて、ちゃんと一華のことを考えてくれている。決して「それぐらいで」なんて一笑したりして、一華を蔑ろにしたりはしない。

「これからはひと声掛けます。他にもご要望があれば、その都度、言ってください。どんなことでも結構です。僕も言いますし」

「じゃあ――」

一華は一度言葉を切ると、正面から正の目を見つめた。

「――愛してってお願いしたら、愛してくれますか？」

一華の言葉を受けた正の目が、こぼれ落ちそうなくらい見開いた。

「そ、そそそんなの、もちろんです！　ぼ、僕は一生、あなたを……あ、愛します!!　だだだ大丈夫です！　ま、任せてくださいッ！」

力いっぱい叫ぶように正は誓ってくれたのだが――正直、かなりどもっている。

(ああ、これって……わたしがお願いしたから、言ってくれただけなんだろうな……)

彼の表情も非常に硬いし、なんだか無理やり言わせてしまった感がおおいにある。

ちょっと寂しい。そして、胸がツキンと痛んだ。

自分たちは政略結婚で、交際期間もたったの一年だ。手も繋いだことのなかった一年に、彼の心が動かなかったとしても、それを責めることなんて一華にはできない。

自分が魅力がない女だというのは、自分で一番よくわかっている。「あいお銀行頭取の令嬢」としか、自分には価値がないのだから。

(やっぱりつぐちゃんの言う通りなのかな……愛が、ない……)

でも、嫌われてはいないはずだと思いたい。彼は自分を曲げてまで、こんなに優しく抱いてくれたんだから。そこに希望があるはず――

「一華さん？　どうしました？」

正が心配そうに顔を覗き込んでくる。どうやら知らぬ間に俯いていたらしい。

沈んだ気持ちを悟られまいと、一華はできるだけ明るく笑った。

「あ、あの……お腹すいちゃったな、って」

「そうですね！　じゃあ、僕が作るので、一華さんはシャワーを浴びていいですよ」

「あの、一緒に作りませんか？　正さん、料理上手だからお口に合わないかもしれないけど、実は旦那様にご飯作ってあげるの、わたしの夢で……あの、わたしの手料理も食べてほしいな~なんて思ってて……」

するとと彼は何度も何度も頷いてくれた。

「光栄です！」

こうやって夫婦になろう。言葉だけの愛でも、お互いにお互いを尊重する気持ちはあるのだから、大丈夫。ちゃんと話し合っていけば、自分たちはいい夫婦になれるはずだ。

自分だけでも、ずっと彼を愛していこう。彼を振り向かせようなんておこがましいことは考えずに、せめて居心地のいい家庭を作ろう。そうしたらいつか、この想いが通じて、愛が生まれるかもしれないから。

（正さん、わたしは大好きですよ……）

一華は正の胸に顔を埋めて目を閉じた。

どんな形でも、この人のぬくもりを手放したくなかったから。

あなたが愛しているのは誰ですか？

「ただいま帰りました」

正がきっかり十八時に帰宅すると、パタパタと玄関に向かって駆けてくる足音がする。

「おかえりなさい、正さんっ！」

リビングからぴょっこりと顔を出したのは、シンプルな桃色のエプロンを着けた一華だ。

彼女のほんわかとした笑みにつられて、正の目尻も思わず下がった。

家に帰れば、最愛の婚約者がエプロン姿でお出迎え。キッチンからはいい匂いが漂ってくるなんて、まさに理想の幸せ家庭。

うちには天使がいるんだ！　――そう誰かに自慢したい気持ちでいっぱいだ。

(しないけどな。自慢なんて)

正の天使発言を弟たちが聞いたら、「なにキモイこと言ってるの？　頭わいてるの？」

と容赦なく突っ込まれそうだと自覚しながらも、そこにはあえて触れないでおく。

誰がなんと言おうと、彼女は天使だ。

その天使に向かって、正は自分が持っていたビニール袋を掲げた。中に入っているのは、ブリキ缶を鉢代わりにした小さな多肉植物の寄せ植えだ。

「お土産です。今日、打ち合わせで外に出たときに見かけて。一華さんが『部屋に緑がない』と仰っていたのを思い出したので、買ってみました」

「まぁ、可愛い！」

多肉植物は世話も簡単で、今、女性の間ではやっているそうだ。購入前にネットで検索したから間違いない。

「ふふ、どこに飾ろうかな～」

気に入ってくれたらしい一華の様子に、正の胸にあったかいものが広がっていく。

(翔のアドバイス通り、プレゼントって有効なんだな)

弟よ、ありがとう。

一華はリビングの窓辺に多肉植物を置くことにしたらしい。ツンと、多肉植物の葉っぱを突《つつ》く一華の笑顔が愛おしいを超えて――

(と、尊い……なんて尊いんだ……！)

思わず目頭を押さえてしまう。三次元にこんなに尊い天使がいていいのだろうか？

しかもその天使が婚約者。将来の嫁。感激のあまりに涙が出そうだ。

一緒に暮らすようになって早一ヶ月。正と一華はふたりでの生活にあたって、いくつかのルールを決めた。

料理は平日は一華が、休日は正が作る。一華は働いていない自分が家事を全部すると言ってくれたのだが、料理は正の趣味でもある。彼女の料理に不満はないが、趣味を制限されるのは辛いと打ち明けたら、納得してくれた。

正が仕事が終わった時間に炊飯器のスイッチを入れるとちょうどいいタイミングで炊けるらしく、正は会社を出る頃に一華に連絡を入れること。そして平日は朝からジョギングがてら、正がパンを買いに行く。

セックスは二日に一回。平日は夜だけで、休日は朝も可。これを話し合うとき、一華は相当恥ずかしそうにしていたのだが、彼女も行為自体は嫌いではないらしく、正の提案を受け入れてくれた。

一華が自分を理解しようとしてくれていること、寄り添おうとしてくれていることが、正は嬉しい。ちゃんと一緒に生活をしようとしてくれるのだ。物静かな彼女だけど、前よりも話してくれるようになったと思う。

一華が泣いたのは初日のあのときだけだ。妹の二美にも彼女が「あれはちょっとした行き違いで、もう大丈夫だから」と連絡したらしく、お怒りの留守電もない。

あの日、正が学習したのは、

(ピロートークって大事だな。ものすごく大事だな。下手するとピロートークがセックスのメインじゃないのか!?　ってくらい大事だな！)

と、いうこと。

セックスする日もしない日も、寝る前には必ず一華を抱きしめて「愛してます」と言うようにしたところ、彼女は嬉しそうに笑って、「わたしもです」とも言ってくれるようになった。

愛してほしいとせがまれたときは、突然のことでどもってしまったが、今ではするりと言える。

天使を愛することを許され、天使に愛されている——天使と愛し合えるなんて光栄極まりないことだ。今にも天に召されてしまいそうである。

二美が聞いたら、「そのまま天に召されてしまえ」と言い放ちそうではあるが、今の正には、波長の合わない義妹の嫌味も祝福のラッパの音に聞こえるだろう。

一華はお見合いの席でひと目惚れしたと言ってくれた。ミスコンの壇上で、彼女をひと目見て胸を射貫かれた自分と同じじゃないか。これは正の頭に搭載された無駄に高性能なロマンチック回路が、「自分たちは運命の赤い糸で繋がっているんだ」と、幸せな解釈をするに充分な情報である。

しかも、一華は正の笑顔が好きらしい。試しに出勤した大塚秘書の前で笑ってみたら、いつも明るい彼が無言になって目を逸らしたので、やはり笑い方は不気味なままなんだろう。それでも彼女は好きだと言ってくれるのだ。それは彼女の愛情深さのあらわれではないのか!?

こんなに彼女に想われていることが知れたのだから、あのときのすれ違いはあってよかった——だなんて考える真嶋正という男は、かなり単純である。

幸せはときとして、人間の知能を著しく低下させる働きがあるのかもしれない。

(はー、今日の夕食はなんだろう。なんとなく魚の気分なんだけど)

入浴後の食卓に並ぶのは、小松菜と厚揚げの煮浸しに、常備菜が二種、味噌汁。そして、鯵《あじ》のみりん干し。

(魚だ!　一華さんと以心伝心している!)

早速、ロマンチック回路を発動させ、ほくほく顔でテーブルにつく。

食卓に並ぶ料理は全部一華のお手製だ。スーパーで購入するのが当たり前になっているものも、彼女は自分で作ってくれる。そのうち、漬け物も漬けそうな勢いだ。

一華の料理は健康志向の和食が多く、味付けも正好みだ。なんでも勲が味付けにうるさい御仁らしく、その辺りは正と似通っているので、苦にはならないと彼女は笑う。

夫婦茶碗も大活躍中。喧嘩器の名前は伊達じゃない。この器のように、自分たちの関係もちょっとやそっとじゃ壊れないだろう。

「あ～おいしかったです！　ご馳走様でした」

「お粗末さまでした。今、お茶を淹れますね」

キッチンに入った一華に、正は思い出したように話し掛けた。

「そうだ、一華さん。再来週の土曜日、うちの会社主催のパーティーがあると話していたの覚えていますか？」

「ええ、覚えていますよ」

「実はそのパーティーに、一緒に出てもらってはどうかと祖父が言いだしまして」

「わたしも？」

お揃いの湯呑みを両手に持った一華が、クルリと振り返った。

今回開かれるパーティーは、新しく完成したＬＮＧ船の竣工披露パーティーだ。

出資銀行であるあいお銀行の頭取——つまり一華の父——や、正の父、そして竣工に携わった会社や、取引先企業が訪れる。早乙女の人間以外は誰も知らない者ばかり。仕事の場なのだから、彼女は蚊帳の外だ。

そこに突然出席してほしいと言われたのだから、一華の反応も当然だと言える。

でも実はこれ、正の祖父と、一華の祖父が「婚約をそろそろ公表してもいいんじゃないか」と言いだしたことで、早乙女家には話がもう通っている。あとは一華次第なのだ。

「一華さんに決めてもらいたいから」と、早乙女家には連絡を伏せてもらい、こうして正が自分で話をしている。

彼女はお盆に載せた湯呑みを持ってきながら、困惑した表情を見せた。

「でも、なんのために？」

正は「もう予定があるなら仕方ないけれど」と前置きして、話を続けた。

「一緒に住んでるんですし、婚約者として、皆さんに一華さんを紹介したくて。僕の仕事についても知ってもらったほうが——」

「行きますっ！」

話の途中だったが、突然目を輝かせた一華は、湯呑みを持ったまま駆け寄ってきた。

「行きます！　絶対に行きます！」

「ありがとう。でも湯呑みは置きましょうね。危ないから。一華さんの綺麗な肌が火傷してしまう」

「あっ、いけない。嬉しくって、つい」

そんな喜びに満ちあふれた表情を見せてくれるとは思わなかった。一華の手からお盆ごと取り上げてテーブルに置くと、正は彼女の腰を軽く抱いた。

胸がドキドキする。彼女の身体に触れるだけで、本能が首をもたげてくる。今立ち上がれば、彼女を床に押し倒してしまいそうだ。そんな乱暴なことはしたくない。真嶋正は紳士であるべきなのだ。

正は一華をそっと見上げた。

「そんなに喜んでもらえるとは思っていませんでした」

「だって……正さんの婚約者として皆さんに紹介してもらえるんでしょう？　真嶋の方に認められたみたいで嬉しいです……」

婚約者として社外に公表するということは、外堀を埋められるということなのだが、それを彼女は嬉しいと言ってくれるのか。

（つまり、一華さんは俺と結婚するつもりでいるということなんだよな？　この同棲は成功しているんだな？　今更破談なんてないんだよな⁇）

彼女が自分を夫に選んでくれる——その確約をもらったようなものだ。

正は思わず一華を抱きしめた。

このとき、意図したわけではなかったのだが、身長差から、椅子に座ったままの正の顔が、立っている一華の胸の位置にジャストミートだ。その豊満で柔らかな乳房に自分から飛び込む形になる。

「んっ！　ああんっ」

一華から甘い声が上がって、ハッとしたのだがやめられない。正はエプロンの上から一華の胸の谷間に顔を埋め、かぶり付きたくなるのを堪えて頬擦りした。

「一華さん、一華さん。愛しています」

いつもはベッドで言うそれを口にすると、一華の頬がぽっと染まる。

「わたしもです。正さん」

嬉しい囁きと共に、そっと頭が撫でられた。一華がこんなことをしてくれるのは初めてだ。彼女の胸に抱かれて、撫でられる心地よさに、どこまでも甘えたくなる。

一華の腰に手を回して更に強く引き寄せると、正は彼女を反転させて自分の膝に乗せた。

「あっ」

背後からぴったりと抱きついて、彼女の首筋に唇を当てる。軽く肌を吸いながら両手で乳房を揉みしだいた。

「ふぁあ……た、正さん……んっ、今日はえっちの日じゃ……ないです……」

そう、今日はセックスの日じゃない。昨日したばかりだ。でも彼女の身体に触れていたい。そう思うことは、悪いことではないはずだ。

「そうですよ。今日はセックスはしません。でもこうやって触るのはセックスじゃないですよね?」

「だって挿れてない」と囁きながら、一華の耳の穴にふっと息を吹き込むと、彼女の身体が震えて甘ったるい声が漏れる。

「いやですか?　いやならやめます」

（やめたくないけど、嫌われるのはもっといやだ）

乳房を揉みつつ彼女の顔を後ろから覗き込む。すると、頬を染めた彼女がギュッと目を閉じて、ふるふると首を横に振った。

「い、いやじゃない、です……正さんに触ってもらえるの、好き……嬉しい」

小さな小さな声だ。

一華はなにもかもが繊細にできていて、姿形も、声すらも可愛くて——

（はぁ、やっぱり天使だ……）

「一華さんは可愛い人ですね。僕にこうされるのが好きだなんて。さぁ、こっちを向いて。キスしましょう」

「はい」

とろんとした眼差しの一華が素直に正のほうを向いてくれる。唇を重ね、更に強く乳房を揉みしだいた。彼女は気持ちよさそうに小さく喘ぎながら、正のキスに応えてくれる。

くちゅくちゅと唾液を交換しながら熱く絡む舌が離れない。

エプロンの横から両手を差し込むと、一華の服をブラジャーごとめくり上げた。

ぷるんとまろび出た乳房に指を這わせると、思いの外熱い肌にため息が出る。吸い付く肌。男を惑わせる魅惑的なふたつの膨らみ。そこにぷっくりと実る小さな果実。それがエプロンを下から押し上げて、自己主張するのだ。

「んっ、あ……正さん……あぅ」

彼女の柔らかな尻が身動ぎするたびに正の物を刺激して、そこに血が集まっていくのをとめられない。尻肉の間で扱かれているみたいだ。ネットサーフィン中に目にした「素《す》股《また》」という単語が脳裏をよぎる。たぶんこれは素股に近い行為だ。

（うおぉ～一華さんのお尻が、お尻が……当たって、っ！　ヤバイ、出そう！）

挿れてもないのに暴発した暁には目も当てられない。

（これはセックスじゃない、これはセックスじゃない、これはセックスじゃない……）

呪文のように心の中で唱えながら、一華の乳首をキュッと摘まむ。彼女の背中がピンと反って、またもや股間に刺激がいく。

（――――っ！）

正は浮き上がる一華の腰を繰って自分の膝に横向きに座らせると、めくった服を整えた。

「はい、今日はこれでおしまい。続きはまた明日」

まったくない余裕をまるでそこにあるように醸し出して、紳士を装う。一華は頬を赤らめ、恍惚の眼差しで胸を上下させていた。

「は、はい……」

（あ～～もう、可愛い！　なにこの天使。たまんない。『明日と言わず、今すぐさせてくださいお願いします』って言いたい！）

でもそんなこと言えるわけもない。衝動的なことをしたら、一華にまた泣かれてしまうかもしれない。それだけはなんとしても阻止せねば、あの義妹になんと言われるか……

正は一華の頬に手を添えると、彼女の額に自分のそれを重ねて囁いた。

「一華さん、愛してる」

「ああ……正さん……わたしもです。好き……大好き。愛してる」

一華がギュッと首に抱きついてくれる。その凹凸のはっきりした身体の柔らかさと、男を悩殺するフェロモンまじりの肌の匂い。そして、天使の微笑みにやられて昇天する。

（いかん……もう一回風呂に入ろう）

一華の知らない間に、正の最短記録が更新されていた。

◆　◇　◆

そして二週間後の土曜日の夕方。一華は、ロイヤルパシフィックホテルに向かうタクシーにひとりで乗っていた。

今日の午前中は、各関係者を招いたＬＮＧ船の命名式や見学会。船の上甲板《じょうこうはん》で航海の安全を祈る号鐘《ごうしょう》を鳴らすといった竣工セレモニーが行われている。

セレモニー自体は企業としてのプロモーションやＩＲを兼ねているから、勝手のわからない一華が行っても邪魔になってしまう。正曰く、一華は夕刻からホテルで開かれるパーティーにだけ出ればいいらしい。

今日の一華の装いは、透け感のあるチュールを胸元にあしらったワンピースタイプのパーティードレスだ。前もって正が選んでくれたもので、バックはレースアップ仕様のためクラシカルな雰囲気もある。ノースリーブだが淡い色合いで、とても上品だ。首にはダイヤモンドのラインストーンネックレス。これも彼からのプレゼントだ。全部を正に用意してもらって申し訳ない気持ちがありながらも、彼に恥を掻かせるわけにはいかないので、一華はありがたくそれらを受け取っていた。

（ああ～ドキドキする）

真嶋正の婚約者として人前に出るのは初めてのこと。紹介されるのは皆、正の仕事関係ばかり。そして彼も仕事中だ。一華の父も、正が仕事熱心なことを高く評価していて、今回お披露目されるＬＮＧ船に多額の融資をしていると聞いている。皆が褒める正の仕事ぶりを、一華は楽しみにしていた。

（きっと素敵なんだろうな）

期待に満ちあふれる一華を乗せたタクシーが、ロイヤルパシフィックホテルに到着する。

ここは海沿いに建つホテルで、展望レストランからはオーシャンビューが一望できることで有名だ。

ホテルのフロントで名前を伝える。そうすると正の秘書に連絡が行き、正が迎えに来てくれる手筈《てはず》になっているのだ。

神殿を思わせる荘厳《そうごん》なレリーフが施された柱が支えるのは、吹き抜けの天井。至る所に花壇が設置され、色とりどりの花々が咲き誇っている。

美しい内装を眺めながらショールを羽織り直し、ロビーのソファに腰を下ろして待っていると、背後から正の声がした。

「一華さん、お待たせしました」

「正さんっ!」

立ち上がって振り返る。柔らかく髪を撫で付けて、上等なスーツを着こなす彼は、どこからどう見てもやり手だ。こんな人が自分の婚約者だと思うと誇らしくなる。

ニコニコと微笑む一華を前にした正が、一瞬、息を呑んだ。彼の視線が一華の頭の先からつま先まで、ゆっくりと上下する。

なにも言わず、穴があきそうなほどじっと見てくる彼に、一華は落ち着かなくなって結い上げた横髪に手をやった。

「あの……わたし、どこか変ですか?」

言われたパーティードレスを着たし、アクセサリーも正が選んでくれたもの。場にそぐわないということはないと思うのだが……

（メイクが濃い？　髪が変なのかな？）

そういえば、彼にドレスアップしたところを見せるのは初めてだ。不安から表情が曇る。

「あ……、いえ。すごく綺麗で……。自分で選んでおいてなんですが、よくお似合いです。天使みたいで」

「まぁ！　ふふふ、正さんったらお上手」

大袈裟な正のリアクションに思わず笑ってしまう。そんなお世辞が言える人だったなんて知らなかった。

声を上げて笑う一華に、正が真顔で一歩近付いてきた。

「お世辞なんかではありませんよ。本心です。僕の一華さんは天使です。今ここで記念の写真を撮りたいくらいです」

きっぱりと言い切られて二の句が継げない。そうだ、この人はお世辞なんてペラペラ言える軽い性格ではない。どちらかと言うと口下手だし、無理やり言わされたら間違いなくどもる、超が付くほどの真面目人間だ。だから彼が本心と言ったら、それは本当に本心なのだ。

「も、もう……」

照れた一華がもじもじと下を向くと、正に左手を取られた。そして薬指にすっと指輪がはめられる。

大粒のダイヤモンドを中央に、天使の羽のモチーフが左右に象られたとても可愛らしいリングだ。

「これは……」

左手の薬指にはめられたその指輪の意味に、胸がドキドキしてくる。

「今のままでも一華さんは完璧で美しいんですけれど、婚約指輪も身に着けていただきたくて。本当はもっと早くにお渡ししたかったんですが、デザインをオーダーメイドにしたら、思っていたよりずいぶんと時間が掛かってしまって。できあがったのが昨日なんです」

「あ、ありがとうございます……嬉しい……」

正が自分のために作ってくれたのだと思うと、喜びもひとしおでそれ以上の言葉は出てこない。熱の上がった顔を向けると、正が照れくさそうに笑って、ギュッと手を握ってくれた。

「あの、そろそろ行きましょうか」

「はい」

正に連れられて、ホテル最上階の展望レストランへと足を踏み込む。かなり広い会場だ。ブッフェスタイルで招待客も多い。百人前後はいるだろうか。ほとんどが男女同伴だ。きっと奥さんを連れてきている社長や重役クラスだろう。年齢層は高く、なかなか落ち着いた雰囲気だ。

　海沿いの大きな窓からは海に浮かぶ真嶋海運の新ＬＮＧ船が見える。ライトアップされ、運搬船なのに美しい。しかも、会場の中央にもＬＮＧ船の模型が置かれ、プロモーションビデオが流れていた。

（わ～、あれが正さんの新しい船……。ここから見ても大きい。それにすごく綺麗）

　一華が密かに感心していると、正が手招きして会場の端にいた若い男の人を呼び寄せた。

「副社長、お呼びでしょうか」

　きっちりとスーツを着こなしたその人は、正と並ぶとずいぶんと小柄だ。年は正と同じか少し年下に見える。

「一華さん。僕の秘書の大塚です。とても優秀な男で、これからも会うことがあると思います。覚えておいてやってください。――大塚。こちらは早乙女一華さん。僕の婚約者だ」

　正からの紹介を受けて一華が「初めまして」と挨拶をすると、大塚は先ほどの印象とは打って変わって、人懐っこい笑顔を見せてくれた。

「初めまして一華様。やっとご挨拶することができました。噂に違わずお綺麗な方ですね。副社長が羨ましいです」

「そ、そんな……わたしなんか……」

真正面から容姿を褒められて言葉に詰まる。助けを求めて正に視線をやると、彼は大きく頷いていた。

「大塚。一華さんが綺麗だからって、好きになっては駄目だからな」

「た、正さんったら」

そんなこと、あるわけないのに。大塚も苦笑するしかないだろう。

一華は慌てて正を窘めたのだが、彼はまるで気にしていない。目尻を下げて笑うばかりだ。おまけに人差し指で、こちょこちょと一華の頬をくすぐってくる始末。

それを見ていた大塚はというと、珍光景を目の当たりにしたように目を見開いているではないか。

自分たちがバカップルに思えて、言い訳できないほど顔に熱が上がる。恥ずかしくなって俯くと、大塚の嬉しそうな声が聞こえた。

「長い間お側におりますが、副社長がこんなに柔らかく笑っていらっしゃるのを初めて見ました。お幸せそうでなによりです」

政略結婚なのは伝わっているだろうから、大塚もなにか危惧していたのかもしれない。照れくさいながらも悪い気はしない。

「ありがとう、大塚」

正も一華と同じ気持ちなんだろう。素直にお礼を言っている。

「大塚、早乙女頭取と、うちの父を呼んできてくれないか？」

「かしこまりました。先ほど奥でお話しされていたようなので、頃合いを見ておふたりをお連れします」

この人混みの中で、ふたりの父は仕事の話に熱中しているらしい。こういったお祝いの席はビジネスの場にもなるから話が弾むのだろう。

大塚が立ち去ってから、正のもとにぷくぷくに太った中年の男性がやってきた。

「やぁやぁ、正くん。実に見事な船じゃないか。このプロジェクトは君の発案だってね？　グループ企業としても鼻が高いよ」

「ありがとうございます、渡辺《わたなべ》社長。渡辺社長のお陰でこんな立派なパーティーが開けました。ご協力感謝申し上げます」

「いやいや。君に相談してもらえて儂も嬉しかったよ。パーティーになにか不備はないかね？　困ったことがあったらなんでも言いたまえ」

「とんでもない、なにも言うことはありませんよ。これからもよろしくお願いします」

正は紳士的な所作でお辞儀をする。正の話を聞くに、この渡辺社長は真嶋海運のグループ傘下にある企業の社長のようだ。

（正さんと仲がよさそう。このホテルの社長かもしれないわね）

そう当たりをつける。

真嶋海運はクルーズ船も持っている。そのクルーズ船の航海には、宿泊先となるホテルが必要不可欠だ。

渡辺社長は太ったお腹を揺すって、朗らかに笑った。

「わはは。君のような頼もしい跡取りがいて真嶋が羨ましい。ところで正くん、こちらの女性は？」

渡辺社長の視線が一華に向かう。品定めするようなその眼差しは愉快ではないが、お披露目とはそういうものだ。

「僕の婚約者の早乙女一華さんです」

正が紹介すると、渡辺社長の目が一気に持ち上がった。

「なに、婚約？　正くん、婚約したのかね？　早乙女というと、あの、あいお銀行の？」

「はい、頭取のお嬢さんです。――一華さん、こちらはこのロイヤルパシフィックホテルの経営をされている渡辺社長です。子供の頃からお世話になっているんです」

「初めまして。早乙女一華と申します。よろしくお願いします」

にっこりと微笑んでお辞儀をすれば、渡辺社長が目の細まった恵比寿顔《えびすがお》になる。彼は正の肩をバシンと叩いてニヤニヤと笑いだした。

「可愛い子じゃないか。いつの間にそんな話になってたんだ。教えてくれよ、水臭いじゃないか」

「すみません。先日話が纏まったばかりで。今日、初めて同行してもらったんです。僕の仕事についても知ってもらいたかったので」

「そうかい、そうかい。お嬢さん、正くんは先見の明がある。真嶋海運がこの海運不況を物ともしなかったのは、正くんの判断力あってのことだ。うちのホテルもそうだが、大型商業施設や産業施設はどれも全部ガス系のコージェネレーションシステムを採用している。あのＬＮＧ船が運んでくる天然ガスの需要はうなぎ上りなのさ。天然ガス自動車の普及も目前。真嶋海運はＬＮＧ船をあと五隻も造るんだ。ＬＮＧ船の保有数は国内トップだ。これはとんでもないことなんだよ。真嶋は海運事業で黒字続きだから、業界全体が縮小気味の旅行業務にも予算を回せる。うちのクルーズ船が定期航海できるのも、真嶋の力があってこそだ。お陰でうちのホテルも、業界トップの座を守っていられる。君はいい婿殿を捕まえた」

渡辺社長は正の功績を力説して、何度も将来安泰を繰り返す。周りの人からの正の評価を聞いて嬉しくなってしまう。正は海運事業だけでなく、グループ内の他の事業の要でもあるのだ。

「社長、恥ずかしいので、持ち上げるのはやめてください」

正が苦笑いしながら間に入ってくる。しかし、渡辺社長はちっとも悪びれない。なかなか押しの強い人物のようだ。

「いいじゃないか。結婚式にうちのホテルはどうだね？　チャペルもあるよ」

「それは嬉しいですけれど」

「ぜひ検討してくれたまえ。――ああ、そうだ、思い出した。正くん。ホテルの会員権について相談したいんだ。ちょっといいかね？　秘書に資料を持ってこさせるから」

「ああ、はい――」

正は一華を気にしているのかやや歯切れの悪い返事をする。

仕事の話は大事だ。一華の前では話しにくいこともあるだろう。

「どうぞお話ししていらしてください。父もそろそろ来ると思いますし」

一華がにっこりと微笑むと、正の表情も和らいだ。

「じゃあ、少し話してきます。今のうちに軽く食べておかれるといいかもしれません」

「うちのホテルの料理は絶品だよ。ぜひ食べていってくれたまえ」

「ありがとうございます」

正と渡辺社長が窓際に移動して話をはじめるのを見届けて、一華は料理が並んでいるコーナーへと移動した。

ブッフェのメインはシェフがその場で切り分けてくれる、低温焼成のローストビーフらしい。他にも、紫芋のフリットや三元豚のトンテキ。完熟パイナップルグリル、ピッツァが数種類。和惣菜にサラダバー。ご飯、パン、麵、スープとあらゆる料理が揃っている。

デザートのプチケーキはどれもおいしそうだ。

（うん。おいしいな。正さんの料理の次くらいに）

週末に正が作ってくれる料理は、ありえないほど食材にこだわっているので、とても一般家庭とは思えないレベルにまで達している。今週末、彼はなにを作ってくれるんだろう？　正の料理は一華のちょっとした楽しみになっていた。

ちょこちょこと料理を摘まんで小腹を満たす。

（喉渇いた。これもらおうっと）

ボーイが配っていた小ぶりのグラスに入った飲み物をもらう。綺麗なオレンジ色で、香りも柑橘系。おいしそうなジュースだと思って飲んだのだが、口に含んだ途端、鼻に抜けるアルコール臭を感じて、一華は小さく咽《む》せた。

（お酒だ。ジュースじゃなかった）

少量なら飲めないこともないが、お酒は苦手だ。なんだか身体がぽかぽかしてきてしまう。顔が赤くなっていないか心配になった一華は、化粧室へと向かった。

（あ、よかった。そんなに赤くなってない）

うっすらと頬が赤いが、血色がよく見える程度で不自然ではないだろう。手のひらは相当赤くなっているけれど。

それにしても綺麗なホテルだ。化粧室もまるで西洋のお城のようで、鏡は一台ずつドレッサーになっている。きっと客室も素晴らしいんだろう。

（このホテルで正さんと結婚式か……ふふ、いいかも！）

妄想に花が咲く。

結婚式については、正と話し合って決めるべきだろう。今夜辺り、それとなく聞いてみてもいいかもしれない。

（正さんか、お父様か、そろそろお話は終わったかしら？）

一華が会場に戻る廊下を歩いていると、向かいから若い男の人が来た。

ブラウン系のスーツを着ていてかなりお洒落《しゃれ》な様子。正のパーティーの招待客だろうか？　一華が会釈をして通り過ぎようとすると、その男の人が歩みをとめた。

「あれぇ？　一華さんじゃありませんか」

「？」

一華も立ち止まって、その人の顔を見る。

少しウェーブした茶色の短髪を掻き上げた彼は、爽やかな笑みを浮かべた。

「おや。忘れてしまいましたか？　ひどいなぁ～。御崎ですよ」

「あっ！」

思い出した一華は、少しばつの悪い笑みを浮かべて深く頭を下げた。

彼は御崎汽船の三男で、祖父、勲が一華のために集めたお見合い候補の中のひとりだ。

確か、正よりふたつ下だったはずだ。三男だから後継者というわけではないが、御崎汽船の役員に名を連ねている。お見合い写真の交換をして、一度だけ会ったことがある人だ。

御崎は愛想のよい男だし、昔から付き合いのある御崎汽船の経営状態もとりたてて悪くはなかった。御崎のほうはこの縁談にはずいぶんと乗り気だと聞いていたのだが、勲が首を縦には振らなかったので、彼との縁はなかったことになっていたのだ。

一華としては、祖父の意向に逆らうつもりはなく、その後、正との縁談が成立したので、正直、一度しか会ったことのない彼の印象は薄い。

「失礼しました。御崎さん。久しぶりだったので」

「そうですねぇ、四年ぶり、くらいですか？」

「もうそんなになりますか。御崎さんも正さんのパーティーに？」

「ええ、そうですよ？　御崎《ウチ》と真嶋さんは、ばら積み船の事業統合をすることになっていましてね。おーっとこれは公表前でした。どうかご内密に」

御崎は自分の唇にわざとらしく人差し指を当てて、ウインクなんかしてくる。

「そ、そうなんですね……」

御崎との事業統合なんて一華は正から聞いていない。

正は普段から、仕事に関わることは一華にも話さない。一華から勲や父親に伝わるかもしれないという危惧もあるからだろうが、それは彼の誠実さと口の堅さのあらわれだと一華は思っていた。それに一華としても、口止めという負担を強いられることがないので、精神的に楽だ。それだけに御崎の口の軽さが際立って、反応に困ってしまう。

「一華さんはどうしてここに？　真嶋のことを下の名前で呼ぶ、ということは、つまりそ、そ、そういうことなのかな？」

彼の事業統合の話と違って、自分たちの婚約は発表段階にある。後ろめたいことなどなにもない。それに、この場にいる彼の耳にもいつかは入ることだ。いや、もう入っているかもしれない。だから一華は、思い切って頷いた。

「ええ、そうなんです。わたし、正さんと結婚することになりました」

「へー」

彼はトンと壁に気怠げに凭れ掛かりつつ、一華を見てきた。なんだかその視線が粘っこくていい気がしない。どうしてこの人は、こんな目で見るんだろう。

一華が居心地悪く感じたとき、御崎が思わせぶりにため息をついた。

「可哀想に。真嶋みたいな男と結婚させられるなんて」

「どういう意味です？」

まさかそんなことを言われるとは思わず、不快に眉を寄せる。すると御崎は、芝居がかった調子で肩を竦めてみせた。

「提携企業だからわかるんですけれどね、うちと違って、真嶋はおたくのあいお銀行とはもともとそんなに取り引きがなかったんですよ。それがある時期から急接近している。不自然なくらいにね」

　知らなかった。一華は銀行の窓口として勤務していた時期があるが、そんなことは聞いたこともない。しかし、どんな取り引きも最初というものはある。気にすることじゃない。そう一華は自分に言い聞かせた。が、御崎は話を続ける。

「それが四年前なんですよ。俺らの見合いの直後。しかも、今回お披露目のＬＮＧ船が初取り引き。驚きでしょ？　あのタンカー一隻幾らだと思います？　今の時価なら二百億超えますよ。それを六隻。普通ならありえない」

「……」

　一華は無言で御崎から目を逸らした。確かに。初取り引きの額としては巨額だ。ありえないと思う気持ちに納得してしまう自分がいる。

「でもあいお銀行は金を出した。これにはわけがあります。ご存知の通り、このタンカーが生む利益は莫大《ばくだい》だ。あいお銀行には融資の利子以上に金が入る。そーゆー契約なんですよ。その他にも、真嶋が海外取り引きに使う主要口座に指定させれば、おいしいですしね。あいお銀行としては、今後も真嶋と取り引きしたいでしょう。でも、真嶋はそうじゃない。別にあいお銀行でなくても、真嶋に融資する銀行はいくらでもあるんですから。そこで、だ。あいお銀行は取り引きを繋ぎとめるために一華さんを真嶋にくれてやることにした。

まぁ、あなたは売られたも同然ですね」

「……」

御崎の話を黙って聞きながら、一華は歯を食いしばった。

(知ってる……そんなの、わかってる……)

正との結婚は政略結婚だ。そこにはお互いの会社の利益がある。そんなことは百も承知。

御崎に言われるまでもない。

でも、ツキンと胸が痛んでしまう。わかっていたことなのに、改めて言葉にされると、胸がひどく痛むのだ。

「真嶋は怖い男ですよ。不要になれば即切り捨てます。先日も、採算が取れない中小型のばら積み船を、纏めて処分していましたよ。今はあなたにも利用価値があるから大事に飼っているんでしょうが、うまみがなくなればポイでしょうね」

正にとって船は商売道具だ。不要なものを処分するのは、上に立つ人間として正しい判断だ。なにも正は間違っていない。そして一華と結婚する理由も仕事のため。一華が「あいお銀行頭取の令嬢」だから。

(わたしのことも、要らなくなったら――っだめ！)

よくない考えが脳裏をよぎりそうになって、懸命に振り払う。そこから先は考えては駄目だ。一華はぐっと唇を引き結んだ。

「御崎さん……あなたの会社は正さんの会社の提携企業なのでしょう？　正さんを悪く言うのはよくありませんよ。今のお話は聞かなかったことにしますから……」

声が震えた。

これ以上は聞きたくない。そんな思いで御崎の横をすり抜けようとする。しかし彼に腕を掴まれて、ぐっと壁に背を押し付けられた。

「な――」

動けない。

一華を囲うように御崎が壁に手を突く。彼の顔が無遠慮に近付いてきて、息が吹き掛かりそうな距離に来る。一華は思わず顔を俯けた。

「……やめてください。離して」

弱々しい声で訴えるが御崎は離してくれない。掴まれている手首が痛い。

「いやです。本来ならあなたの婚約者には俺がなるはずだった。なのに銀行にとって条件のいい真嶋に較替《くらが》えするために、俺らの見合いは白紙になったんです。そんなの俺だって面白くありません。あなたは俺のものになるはずだった。違いますか？」

彼は見合いが白紙になったことで、プライドが傷付いたのだろう。

御崎との見合いを勲が反対しなかったら、彼と婚約した可能性はあった。そこは否定できない。でも現実は違う。

それに――

「仮にそうだとしても、わたしがあなたを好きになるかは別問題です」

「へぇ？　そーゆーことを言うんだ？　へー？」

御崎は一華の顎に手を掛け、無理に持ち上げながら耳元で囁いてくる。その生温かい吐息と、知らない体温にゾッとして一華の身体が硬直した。

「真嶋と寝たんだ？」

明け透けなことを言われてカッと顔に熱が上がる。そんな一華の反応を御崎が嗤った。彼は一華の身体を舐め回すように眺め、ドレスのレースから覗く胸の谷間を人差し指でなぞる。正以外の男に性的な目で見られるそのおぞましさに、サーッと血の気が引いた。

「へぇ？　真嶋の奴。糞真面目なくせにヤルことはヤッてんだ？　アイツのことだから結婚するまで手は出さなさそうって思ってたんだけど。違ったか、残念。まぁ、この巨乳を差し出されたら、あの堅物でも結婚前にサルみたいにヤリまくるわな。俺のものになるはずだったこの身体を真嶋が好き勝手してるのかと思うとムカつくなぁ……。ちょっと引っ掻き回さないと割に合わないよなぁ？」

「な……」

この男と婚約していたら自分がどんな扱いを受けていたのかと思うとゾッとする。そして それ以上に、正を侮辱《ぶじょく》された怒りが一華を襲った。

「は、離し――」

「なにをしているんです？」

突然、廊下に響いた声にハッとして一華が顔を上げると、いつも以上に目の細まった正がそこにいた。彼は大股で近付いてくると、一華に触れている御崎の手を払い除けて、一華を自分の背に隠す。

「御崎くん。僕の婚約者になにか用ですか？」

正の背に隠れてほっとしてしまう。危ないところに来てくれた彼がまるでヒーローのようで頼もしく、胸がキュンとしていた。

一華が正のジャケットの裾を握ると、御崎の眉がくいっと上がるのが見えた。

「へー。真嶋さんの婚約者だったんですか。それは知りませんでしたぁー」

なんて白々しい男なんだろう！　一華から聞いているくせに、そんな嘘をつくなんて。腹立たしくて仕方ない。

（御崎さんって嘘つきだ。この人と婚約なんてことにならなくてよかった！）

あとで全部、正に言いつけてやろう。一華がぷりぷりしていると、御崎が不敵に嗤った。

「一華さんとは前にご縁がありましてね。お見合いしたことがあるんですよ。双方乗り気だったんですが、誰かさんが横槍を入れてきたんで、無理やり別れさせられたんです」

「な!!」

御崎の大嘘に、一華の目が見開いた。

彼と見合いは確かにしたが、勲がすぐに断ったし、一華が乗り気だったという事実もない。一日たりとも付き合っていたことはないし、ましてやふたりっきりで出掛けたこともない。なのに別れさせられただって？　これには黙っておれず、一華は思わず叫んだ。

「変なことを言わないでくださいっ！」

しかし、彼はニヤニヤと嗤うばかりなのだ。

「俺とのことは、現婚約者さんには知られたくありませんでしたか？　あんなに愛し合っていたのに。でも事実は変えられませんよ、一華さん。真嶋さんに捨てられたら俺のところに来てください。またたっぷりと愛して差し上げますよ」

御崎は言うだけ言ってスタスタと会場へ入っていってしまった。

「正さんっ、違いますから！　違いますからね！」

誤解されたくなくて真っ先にそう言う。

正はゆっくりと振り返ると、小さく息を吐いた。

笑おうとしてくれているのはわかるが、唇が真一文字になるばかりで、いつもの柔らかさは微塵《みじん》もない。彼は片手で顔を覆って苦しそうな声を漏らした。

「……わかっています。大丈夫」

明らかに大丈夫とは思えない正が心配でそっと顔を覗き込む。

「正さん……？」

呼び掛けると、正が固く一華を抱きしめてきた。

「あっ！」

両腕を背中に回し、今にも唇が触れ合いそうな大胆な抱擁を受けて、一気に身体中に熱が走る。今は誰もいないが、ここは会場付近の廊下だ。来客も一般宿泊客も普通に通る可能性がある。そんな場所で、真面目な彼がこんなことをするなんて！

ドキドキしたまま固まっていると、耳に歯を立てられた。

「っ！」

じくんとしたその痛みに驚いて肩を揺らす。正は一華に頬を寄せ、耳元で囁いてきた。

「……わかっていても腹が立つ」

「え？」

彼は抱擁を解くと、一華の手を引いて歩きだした。大股で、早歩きで、引っ張られる一華は小走りだ。

「た、正さん」

振り向いた正に表情はない。彼は歩みを止めると、会場の中にいたボーイを呼び寄せた。

「婚約者が気分がよくないんだ。休ませたいから部屋を用意してくれないか」

「かしこまりました。すぐにご案内致します」

一華はなにも言えなかった。一華は具合なんか悪くない。そりゃあ、御崎にあんなことを言われて気分最高とはいかないが、部屋をとって休むほどかというとそれも違う。

(正さん……どうしたんだろう……？)

ボーイにスイートルームの鍵をもらい、ふたりで部屋に向かう。

そうして部屋に入った途端、一華は突然リビングのソファに押し倒された。

「きゃっ！」

荒々しく合わせられた唇に目を見開く。部屋の中を見る余裕もない。上からのし掛かられ、背中をソファの座面に押し付けられた一華に見えるのは、正の整った顔だけだ。

「ん、あっ……！」

いきなり押し倒されて、息が苦しいほど口づけられているのに、まるで抵抗しないのは、相手が正だからだろう。口内を好きにまさぐられながらの情熱的なキスに、身体が熱を持っていく。

一華の腰に跨がった正は、自分のジャケットを脱ぎながら淡々と呟いた。

「僕以外にも見合い候補がいたことは知っていました。彼と付き合っていてもいなくても、それは過去のことです。今のあなたは俺の婚約者だ。そうでしょう？」

御崎と付き合った過去なんて一瞬たりともない。ましてや愛し合っていたなんて！

そう言おうと一華は口を開いた。

「わ、わたしは――」

「すみません。今、ちょっと嫉妬《しっと》してて、まったく冷静じゃないので、他はなにも聞きたくないんです」

（嫉妬？）

いつも紳士的な正に冷静でないときがあるなんて、という思いが胸をよぎる。でもこの人も人間だ。いくら紳士でも男の人だ。

（嫉妬してくれるってことは、わたしのこと――）

「今聞きたいのは、あなたは誰のものなのかということ。それだけです――」

正は一華の頬を両手で挟むとそっと額を押し当ててきた。

「一華さん、あなたは誰のものですか？」

「た、正さんのです」

上擦った声が出たが、それ以外に答えなどない。自分の婚約者はこの人で、憧れも、恋心も、初めても全部捧げた人だ。

「なら、俺をどこまで受け入れられるか教えてください」

そう言われた一華の胸にあたたかいものが広がっていく。可愛い人だ。御崎とはなんでもないのに、動揺して、嫉妬して、怒って、一華を求めてくる。こんなに可愛い人が愛おしくないわけがない。

一華は微笑みながら正に向かって両手を伸ばした。

「正さん……わたしは正さんのですよ。正さんを全部受け入れます」

（だから安心して？）

するとと、間を置かずに唇が貪られ、口の中いっぱいに舌がねじ込まれる。一華は濃厚なキスにくらくらしながらも、彼に身を任せた。御崎に腕を摑まれたときには嫌悪感しかなかったのに、正にはどんなに乱暴にされても胸がときめいてしまう。自分のことを「俺」なんて言う彼は初めてだし、いつもより低い声でちょっと怖い気もするのに、それでもドキドキがとまらない。

真面目で優しいだけが正じゃないのかもしれない。でも今の彼も間違いなく正だ。

（もっと、正さんのこと、知りたいよ……）

流し込まれた唾液を嚥下《えんげ》する。ドレスの上から乳房を揉みくちゃにされて、ずくんとお腹の奥が疼いた。ショールが腕に巻き付いていく。まるで彼に縛られているみたいだ。

正は一華のドレスの裾から手を入れると、ショーツの中をまさぐってきた。スカートがめくれて、ガーターストッキングのベルトも見えてしまう。恥ずかしいけれど、抵抗はしたくない。彼を全部受け入れると決めているから。

彼は花弁を割り広げてそこに触れてきた。

「あっ！」

触れられた自分の身体がどんな状態か気付いて、頬が上気する。それと同時に、ぬちょっとした音が響く。正は引き抜いた手を自分の目の前に掲げた。

「なんですかこれは？」

彼の指先がぐっちょりと濡れている。指と指の間に糸を引くその粘り気のある液が直視できずに目を逸らす。一華の頬がますます赤くなった。

「びしょびしょですね。いつからこんなに濡れていたんです？　まさか御崎を想って濡れたんじゃありませんよね？」

正の冷たい声に涙が出そうになる。でも彼がこんな意地悪なことを聞くということは、確かめたいからなんだろう。

一華は潤んだ眼差しを彼に向けた。

「違います……正さんにキスしてもらえて……嬉しくて……」

「いい子ですね。それなら許せます」

正は一華のショーツを脱がすと、膝が胸に付くほど身体を二つ折りにした。脚の間から濡れた秘処が丸見えだ。一華はそっと目を伏せた。

彼には何度も抱かれたが、一華は家のベッドでのセックスしか知らない。シャワーを浴びて、正に大事に愛でてもらうのが常だった。

なのに今はホテルで、荒々しく押し倒された先はソファ。シャワーも浴びておらず、こんな格好をさせられて恥ずかしくてたまらないのに、ドキドキしてしまう。どんどん濡れていくのだ。これはいつもと違う状況に置かれているから？　まさか、正の視線に辱められて興奮しているなんてことはないはず――

「ひゃぁ！」

突然、身体に電気が流れたような快感が走って、たまらず声が上がる。

見開いた目に飛び込んできたのは、花弁の根元でひっそりと息づいている蕾が、正の人差し指でぐりぐりと押し潰されている光景だ。

自分の愛液でてらてらに濡れた蕾は、正の指先に嬲られて、よりいっそう硬くしこっていく。正は指先を左右に揺らしたり、軽く引っ掻いたり。挙げ句にはピンと弾いたりして、蕾ばかりを念入りにいじってくる。顔を背けたくても、ソファの背凭れに頭を起こされそれもできない。目を閉じるしかないのだが、閉じるたびに蕾をきゅっと摘まれてしまう。彼は一華に自分が誰になにをされているのかを、見せつけようとしているみたいだ。

「ううう……」

新しい愛液が生まれて、ひくついた蜜口からとろっと滴る。一華が羞恥心で唇を噛むと、正の目がいっそう細まった。

「もう入ってしまいそうですね」

正はそう言いながらベルトを外してズボンの前を寛げると、いきり立った熱の塊を一華の蜜口に押し充ててきた。

張り出した物でぬるついた蜜口を上下に擦られて、ドクンとお腹の奥が疼いた。避妊されていないそれを、身体が欲しがっているのがわかる。それはあまりに強い欲求で、自分で自分に言い訳すらできない。

「挿れてほしいですか？」

赤い顔でこくこくと頷く。すると、正の目が意地悪く細まった。

「じゃあ、そう言ってください」

張りの先が肉の凹みにくぷりと嵌まる。しかしそこから先に挿れてくれない。少し動かされるだけで、くちくちと音を立ててしまうのに……

恥ずかしいことを言わないと挿れてもらえない。でもこの状況は耐えられそうにない。

焦らされて、一華の腰がくねった。

「た、正さん……抱いてください……おねがい……」

一華がそう口にした瞬間、正がずっぷりと深く入ってきて、その熱さに意識が飛ぶ。

「ああっ！」

代わりに覚醒《かくせい》したのは、一華の中にある女だ。二、三度、子宮口を突かれると、一華の脚が正の腰に自然に絡み付き、彼を引き寄せた。

「た、だしさん……」

「一華」

解されていないのに濡れすぎた膣は、いやらしくうねって正を全部呑み込む。隙間なくみっちりと奥まで埋められているのがわかる。苦しいのに、彼と繋がる歓びに全てが掻き消され、また濡れた。

正の両手が一華の頭を掻き抱いてくれる。結った髪が崩れるのを気にする余裕もない。唇を合わせながら、ずこずこと出し挿れされて、媚肉が焼け付く熱と共に、正の物に制圧されていく。

「んっ、う……あ！　ああっ、はぁう……んっ、んっ、んっ……んっ……ただ……んっ」

呼吸の合間に離れた唇も、すぐに塞がれる。舌が絡んで離れない。卑猥な濡れ音と、ソファのスプリングが軋む音が同じ旋律を刻み、間に荒い吐息がまざる。言葉は要らないから、ただ抱かれていろと言われているみたいだ。

容赦なく子宮を突き上げる抽送は乱暴なのに、それでも彼に侵されるのが心地いい。好きな人に嫉妬され、求められている快感が心と身体を支配する。この行為が一華に与えるのは歓びしかない。

正は自分のネクタイやシャツを脱ぎ捨てて上半身裸になると、一華の中から自身を引き抜いた。

「ああ！」

突然引き離されて涙が出そうだ。一華が悲痛な声を上げると、正は妖しく微笑んで一華の顎を持ち上げた。

「俺が欲しいですか？」

こくこくと頷く。

欲しい。欲しい。彼が欲しい。離れたくない。

一華にとってセックスは、正とひとつになれる方法でしかない。好きな人と一緒にいたら、抱きしめられるだけでは足りなくなることを、いつの間にか知ってしまった。

そして、正以外の男の人に、身体に触れられたくないことも――

正は一華の唇に親指で触れ、舐《ねぶ》るようにキスしてきた。

「膝立ちになって後ろを向いてください。服を脱がしますから」

肌に触れてもらえる！　そう思ったらもう勝手に身体が動いていた。

言われた通り、後ろを向いてソファの上で膝立ちになる。そうして気付いたのだが、ソファの背凭れ側――つまり一華の目の前の壁に、大きな鏡が備え付けてあった。そこに映っているのは、瞳を潤ませ、頬を上気させた自分の顔。蕩けきったその顔は完全に発情した女だ。今の今まで挿れられていたのが丸わかりで、唇なんか赤く腫れている。

（わ、わたし、いつもこんな顔してたの……？）

こんなに女を全開にして、性の歓びを植えつけられた顔で、正に抱かれていたのかと思うと恥ずかしくって仕方ない。思わず目を逸らす。

すると、背後から抱きついてきた正が、一華の顎を掴んで正面を向かせた。

「目を逸らさないで鏡を見なさい」

ねっとりと耳朶を舐め上げられて、ゾクゾクしてしまう。後ろを向かせたのは、ドレスを脱がすためではなく、一華に鏡を見せるためだったんじゃないかと思うくらい意地悪だ。

こんな辱めを受けているのに、ぽっかりと開いた蜜口はヒクヒクと蠢いて涎を垂らしてしまう。

ふるふると小さく震えながら鏡を見ると、迷いなくファスナーが下ろされる。胸元までドレスが脱がされて、あらわになったキャミソールとブラジャーのカップが引き下ろされる。ぷるんとまろび出た乳房を揉みしだいた正は、ふたつの乳首を指先で摘まんで引っ張った。きゅっきゅっと強弱をつけて摘まれる乳首がジンジンする。

「あなたを抱いているのは誰ですか？」

「た、正さんです……」

「そうです。あなたは誰のものですか？」

「正さんのです」

「あなたが愛しているのは誰ですか？」

「正さんです。正さん以外にいません」

これだけは信じてほしかった。一華が鏡越しの正を熱く見つめると、彼の目が柔らかく細まった。乳首がピンと弾かれ、また、摘まれる。

「ああ、また垂れてきました。少し触っただけなのにこんなにびしょ濡れになるなんて、いやらしい身体になりましたね」

（……恥ずかしい……）

正の言う通りだ。少し触れられるだけで、あふれるほど濡れてしまうこの身体は、なんていやらしいんだろう。

一華が声を漏らさないように唇を噛んで目を閉じた、その瞬間――

「ああああ――――っ！」

ずっぷりと背後から一気に挿れられて、目を見開く。一華の乳房を鷲掴みにした正は、目を鋭く細めて耳朶を舐めた。

「『目を逸らさないで鏡を見なさい』と言ったでしょう？　お仕置きしますよ？」

正は一華の腰を両手で押さえつけ、荒々しく腰を叩きつけてくる。

パンパンパンパン――先から根元まで、大きなストロークで出し挿れされて、一華は目も口も大きく開けてぶるぶると震えた。

お仕置き《こんなこと》をされるのなんて初めてだ。しかも後ろからなんて……

肉襞を擦りながら中を掻きまぜ、お腹の裏を抉るように、正は巧《たく》みに腰を使ってくる。

子宮口を突き上げるほど奥までたっぷりと挿れられてしまい、じゅぶじゅぶといやらしい音がとまらない。そんなに激しくされたら、一華はソファの背凭れにしがみついて、声にすらならないはしたない喘ぎを漏らすのがやっとだ。

「あ――、あ――、ううう……ぐ……んぁぁあ……ひぃ」

手探りで乳房を揉まれ、「感じすぎて苦しい」が、「侵されて気持ちいい」に変わる。

正と……好きな人と繋がれて嬉しいのだ。

これはお仕置きなのに……気持ちよくて嬉しくてたまらない。

（ああ……あ……、すごい……すごい……こんなにいっぱい……おくまでとどいてる……きもちぃ……おしおきなのに、おく、きもちいいよぉ……もうだめ……おかしくなる……正さん……正さん……）

太腿までべっちょりと濡れ、つま先も腰もガクガクと震える。頭はとうの昔に真っ白だ。

「今日は膣内《なか》に出します。あなたは俺の婚約者で、俺のものなんだからいいですよね？」

正が激しいピストンを繰り返しながら、乳首をくりくりと捏ね回しつつ、荒い息遣いで耳元で囁いてくる。彼の不機嫌な重低音に反応して、子宮がはしたなく疼いてしまう。

一華はふわふわした覚束ない思考のまま頷いていた。

「は、はひぃ……んぁあ……はぁはぁはぁ、はぅあ……」

「一華さん。愛してるなら俺を全部受けとめて」

正は一華の腰を両手で押さえつけ、背中にしっかりと乗ると、奥を重点的に突いてきた。背凭れで押し潰された乳房が卑猥に形を変える。にちゃにちゃと響くのは愛液の音だ。膣肉は勝手にぎゅうぎゅうに締まって、正の物を扱き上げ、舐め回している。膣の痙攣がとまらない。

「一華さん……一華……絶対に誰にも渡さない！」

（ただしさん、すきぃ……だいすき……あいしてる）

鏡に映った一華は、朦朧とした意識の中、頬を薔薇色に紅潮させ、随喜の涙を流しながら、幸せそうに腰を振っていた。

「あ、あ、あ、あ――ん、はぁはぁはぁ、んっ……あ、あ、ぁひあ、あ……」

「っ――――！」

突然、低く呻いた正の抽送が一段と速くなる。そうしてその数秒後、彼の物が中でドクンと大きく脈打ったと思ったら、信じられない程の熱がお腹の中に広がった。

「あ……」

「うっ」

正の物が中で、ドクンドクンと何度も何度も跳ねている。

（あああ……でてる……わたし、なかにだされてる……すごい、あつい……）

膣内《なか》に――いや、もう入らない処まで、子宮にたっぷりと流し込むように精液を注がれている。正の全部をこの身体で受けとめているのだと思うとゾクゾクしてしまう。愛液より熱い液に身体の中を侵される。

震えながらソファの背凭れにしがみ付くと、中に埋められていた物が引き抜かれた。くぽっと音がして、ヒクヒクと痙攣のとまらない蜜口から、とろーっとした濃厚な白濁汁が太腿を伝って垂れてきた。

「ああ……一華さん……！」

ふらふらしながら汗だくで振り向くと、あっという間に唇が奪われる。

「ほえぇ……？」

正がぎゅうぎゅうと抱きしめてくる。

その腕がいつも通りあったかくて、安心したら意識が飛んだ。

「んぅ……」

ふわりと身体が浮き上がる感覚に目が覚める。一華が目を開けると、正の顔が近くにあって少し驚く。しかも彼は上半身裸だ。どうやら彼に抱きかかえられて移動中らしい。

「起こしてしまいましたね。すみません」

「い、いえ」

ここがホテルの客室で、ついさっきまでソファで彼に抱かれていたことを思い出すと顔が火照る。

ふかふかのベッドの上に寝かされたが、一華はすぐに上体を起こした。

「わたし、どれぐらい寝ていましたか?」

「まだ十分も経っていないくらいですよ」

「よかった……」

セックスのあとに一華が気を失うと、正は一華が起きるまで側にいてくれる。以前一華が寂しいと泣いたからだ。でも今はパーティーの真っ只中。一華はともかく、主催者側の正が長時間抜けるのはまずい。

「正さん。早く会場に戻らないと」

慌てる一華のハンドバッグから、ブーブーとスマートフォンのバイブレーションが鳴りはじめる。電話だ。正が取ってきてくれ、スマートフォンの画面を見た一華は、すぐさま電話に出た。

「もしもし――」

「一華。今、どこにいるんだ?」

スマートフォンから聞こえてきたのは一華の父親の声だ。大塚に呼び出されたのに一華も正も会場にいないものだから、電話をしてきたのか。

「ごめんなさい、お父様。じ、実はわたし、気分が悪くなってしまって……正さんが、お部屋をとってくださったので、休んでいるところなんです」

本当のこととは少し違うが、そういうことになっているからこう言うしかない。

「なんだって？　それは大丈夫なのかい？　私もそっちに行こう」

「だ、大丈夫ですから！　お父様は来ないでください！」

一華は思わず大きな声を出していた。

正にぐちょぐちょに掻き回され、たっぷりとあふれるほどの精液を注いでもらった身体なのだ。髪も服も乱れているし、なによりあそこがまだぐずぐずと濡れて火照っていて、妖艶な匂いを醸し出している。とても父親に会える状態じゃない。今の今まで、セックスしていたのが丸わかりだ。

(お父様、心配してくださっているのに……ごめんなさい)

「お父様まで抜けては失礼ですわ……」

そう言うと、父親は「うむ……」と悩む声を漏らした。

「……正くんはまだそこにいるのかい？」

「あ、はい。でも、そちらに戻ってもらおうかと思います。わたしはひとりでも大丈夫ですから……」

「そうか。なにかあったら連絡しなさい」

電話が切れてほっと息をつくと、今の間にきっちりとスーツを着込んだ正が、ベッドの横に片膝を突いた。彼の服装に乱れはなく、ついさっきまであんなに激しい情交に耽《ふけ》っていたとは誰も思わないだろう。

「側にいたいのですが、もう行かないといけないみたいですね。手荒にしてすみませんでした……。あなたたちが愛し合っていたと聞いてみっともなく嫉妬に狂って……しかも膣《な》内《か》に……」

乱れて落ちた一華の髪のひと房に、名残惜しそうに口付けてくれる。それだけで嬉しくて、「行かないで」と言いそうになるけれど、そこはぐっと堪えた。

「あの……あれはあの人の嘘ですよ？」

「嘘、なんですか？」

「あの人とお付き合いしたことなんてありません。お見合いで一時間くらい会っただけです。あの人はダメだって、祖父がすぐに断りましたから」

正は目を見開くと、次の瞬間にはスッと細めてボソボソと独りごちた。

「……あの野郎……提携解除して潰すぞ……」

今の正なら本当にやりそうだし、たぶんできてしまうのだろう。でも、御崎汽船が倒産したら、困る人もたくさん出る。そうなると、圧力をかけた正のことを悪く思う人も出るかもしれない。一華としても御崎なんて大嫌いだが、ひと言添えることにした。

「御崎さんなんて気になさらないでください。わたしは嬉しかったです……正さんのをいただけたんですもの……」

ああ、なんだかすごいことを言ってしまった気がする。これはちょっと恥ずかしい。正も心なしか顔が赤いかもしれない。

お互いに目を合わせられないほど挙動不審になって、一華は慌てて話を変えた。

「そ、それよりも皆さんにご挨拶できなくて申し訳ないです」

「それは僕から言っておきますから。というか、今のあなたを御崎に——いや、誰にも会わせたくないのでここにいてください。僕が迎えに来るまでここにいて。この部屋から出ないで。僕の帰りを待っていてください」

正の過保護に笑ってしまう。でも正がそう言ってくれるのが、心を羽根でくすぐられたみたいに心地よくて、一華は目を細めて頷いた。

「はい。待っています」

彼がここにいろと言うなら、彼が待っていてくれと言うなら、迷うことなくそうしよう。

「じゃあ、そろそろ行ってきます」

「いってらっしゃい」

一華がベッドから手を振ると、数歩を歩いたところで正はふと足をとめ、一華の場所まで戻ってきた。

「どうしました？」

きょとんとして見上げると、正がそっと口付けてきた。

「愛してる」

突然の愛の囁きに、正を直視できない。俯いて頷く一華の頬を撫でて、彼は部屋を出た。

（行っちゃった……）

最後まで正にはドキドキさせられる。

ひとりになって改めて部屋を見回すと、アラビアンな高級感あふれる雰囲気で、とても広い。壁掛けのテレビの左右にあるアートワークもお洒落だ。どうやらここがベッドルームで、隣の湾曲したすりガラスの向こう側がバスルームらしい。

（シャワー浴びよう、髪も整えなきゃ）

正が迎えに来てくれるときに、一華や彼の父親も来ないとは限らない。まったく顔を合わせないわけにもいかないだろう。体調が悪いことになっているにせよ、せめて人前に出られる格好にしておかなくては。

一華は外したネックレスをサイドテーブルに置いて、ベッドから降りた。

「あっ！」

両足で立った瞬間に、自分の身体の中からなにかが垂れて、つーっと太腿の内側を伝ってくるのがわかる。これは正の残滓――

それに気付いてカアァッと顔に熱が上がった。身体の中から正に染め上げられたみたいで、心臓が高鳴る。好きな人のものを注いでもらった女としての歓びが、血液に乗って、身体中を駆け巡っていくようだ。

引っ込み思案な上に内気な性格で、取り柄もなにもなく、今まで自分に自信が持てなかったけれど、正が嫉妬に狂うほど求めてくれるのなら、こんな自分でもいいのかな？　と、思えてくるから不思議だ。

一華が頼んだから言ってくれるようになったあの「愛してる」の言葉も、一緒に暮らしていく中で、本物になったのかもしれない――

（正さんも、わたしのこと、好きになってくれたのかも。だってあんなに激しく嫉妬してくれたし、誰にも会わせたくないって……それって、わたしを独り占めしたいってことだよね？　それに、こんなにいっぱい……わたしの中に……）

正がいい加減なことをしない人だというのはよく知っている。だからこれは、彼の気持ちなのだ。「誰にも渡さない」と言ってくれた。その気持ちを、彼は一華にくれたのだと思う。これはその証。

一華はぽーっとしたままシャワーを浴びた。左手の薬指には正がくれた指輪がある。彼に愛された身体は、シャワーを終えてもまだ濡れていた。

子作りしませんか？

ＬＮＧ船のお披露目パーティーが終わった翌週の昼下がり。

一華は近くの大型スーパーで買い物をして、マンションまでの帰り道をひとりで歩いていた。気の早い蟬の声が遠くで微かに聞こえたりして、夏の雰囲気が色濃くなっている。

今日は、鮮度の高い車海老《くるまえび》が手に入ったので、海老フライにするつもりだ。タルタルソースも手作りしたら、きっと正が喜んでくれるだろう。彼は体型の割にはよく食べる人だし、なんでもおいしそうに食べてくれるからとても作り甲斐《がい》があるのだ。

その彼はというと、今日は土曜なのに仕事だ。船は二十四時間三百六十五日動いているから、なにかトラブルがあったらすぐに対応しなくてはならない。現場任せにしないのが、真面目な正らしいところでもある。

（今日はえっちの日だから、正さん早く帰って来てくれるかも）

そんなことを考えて、じゅんっとお腹の奥が疼く。

パーティーが終わったあと、正が客室に迎えに来てくれたとき、案の定、一華の父親と、正の父親がいた。軽く挨拶をしたのだが、どうにも落ち着かなくてしどろもどろになってしまった感じが否めない。

正が、「一華さんの体調が心配だから、今日はこのホテルに泊まります」と言ってくれ、その場はお開きになったのだが、一華はその夜も正に抱かれた。正が離してくれなかった、というほうが現実に近い。

でもそうされたことで、自分が正に愛されているという自覚が芽生えた気がする。

正をそれとなく観察していると、いつも自分を見てくれていることに気付く。

彼はいつだってあったかい眼差しをくれているのだ。「あれは愛おしい者を見る目よ」なんて、一華の中の女が意味深に囁く。

そう思いたくなるのも仕方ないだろう。あの日を境にして、ベッドの中でも、正の優しさと激しさが増したのだ。避妊をしなかったのはあの日だけだが、最初の頃のようなぎこちなさはもうなくて、一華の好い処を覚えて的確に責め突いてくれる。

一昨日なんか、お尻を高く上げた状態で後ろから何本もの指を挿れて中をいじられてしまった。なにもかも曝《さら》け出した恥ずかしい体位で、彼の太くて長い指をぎちぎちに挿れられる……。しかも何本も指を変えて出し挿れされるなんて、初めの頃は想像すらできなかった。しかもそのとき一華は、気持ちよさのあまりに快液を漏らしてしまったのだ。

水浸しになったシーツが、恥ずかしくて、もう死んでしまいそうだったくらいだ。でも正は一華を軽蔑したりしなかった。それどころか彼は、一華の快液を綺麗に舌で舐め取って、お漏らしをしたはしたない穴に丁寧にたっぷりと挿れてくれたのだ。

『こんなに感じて可愛いですね。一華さんみたいに可愛い天使は愛さずにはいられません。大好きですよ。愛してます』

と、言いながら何度も何度も子宮口をトントンと優しく突かれたら、一華がすぐに絶頂を迎えてしまっても仕方ないだろう。

彼が自分の全てを愛してくれると思ったら、自分のことも少し好きになれた気がする。

(幸せ……)

早く正に会いたい。

頭の中が正ばかりで、正が一華の生活の中心で、正が喜ぶことならなんでもしたい。そうしたらもっと、彼が愛してくれる。

胸の中にずっとあった恋がようやく報われた気がして、空っぽだった自分が正で満たされていく。そんな想いは一華の歩調を軽やかにする。

一華がもう少しでマンションに着くというところで、ハンドバッグの中からスマートフォンが着信を告げた。

（正さん、仕事がもう終わったのかしら？）

彼は仕事中に連絡をしてくることはないが、十七時になって仕事が終われば、「帰るよコール」をくれる。

うきうきしながら画面を見ると、実家からだった。

期待は外れたが、いつか一緒に行こうと話していた食事のお誘いかもしれない。そんなことを考えながら電話に出る。

「はーい。もしもし、一華です」

すると——

「一華！　大変なの、今すぐおうちに帰ってきてちょうだい!!」

珍しく焦っている母親の声に足がとまる。いったい実家でなにがあったのだろう？

「どうしたんですか、お母様？」

「それが、二美が妊娠したって言うのよ！」

「ええっ!?」

それは大きな声が出てしまうには充分な大事件で、一華は咄嗟に自分の口を覆った。

「おじい様がものすごく怒っていて、今、相手の方と親御さんも見えてるんだけど……。ああ……一華、お願いよ。あなたも帰ってきてちょうだい」

「もちろんです！」

大切な大切なたったひとりの妹の一大事だ。勲のことだから、身重の孫娘だろうが容赦なく怒りをぶちまけている可能性がある。勲は一華には甘いが、二美には厳しいのだ。一刻も早く帰って二美の側にいてあげたい。

一華は大慌てでマンションに帰ると、買った車海老をとりあえず冷蔵庫に突っ込んで、捕まえたタクシーに飛び乗った。

（ああっ、正さんに連絡をしないと！）

二美の妊娠のことを言っていいものか迷う。デリケートなことだ。言うにはまだ早い気がして、一華はとりあえず実家に行くことだけをメールした。

『母から連絡が来たので、ちょっと実家に顔を出してきます』

送信ボタンを押して、難しい顔のまま息をつく。

二美から以前聞いていた恋人の存在が、ふと頭をよぎった。

別れたとは聞いていないし、きっとその人との赤ちゃんなんだろう。

相手はいったいどんな人なんだろう？　あのしっかりした二美に限って、変な男の人を選ぶということはないだろうが、彼女はまだ二十二歳。大学生で、次の春に卒業することになっている。もしかすると相手の人も同い年かもしれない。

今後のことを考えると、どうしても不安だ。二美が泣いてやしないか心配でたまらない。

「大丈夫だよ」と、早く言ってあげたい。

（つぐちゃん……）

一時間より少しかかって、一華は実家に着いた。

玄関を開けると、男物の黒い革靴が三足揃えてある。二美の恋人と彼の親、あともうひとりは誰かわからないが——来ているんだろう。応接室から話し声がする。

勲の怒鳴り声が聞こえてこないかドキドキしながら靴を脱ぐと、応接室からぴょっこり、二美が顔を出した。

「おかーえり、一華」

「つぐちゃん！」

二美のお腹はいつも通りぺったんこで、そこに赤ちゃんがいるとは微塵も思えないけれど、でも確かにいるんだろう。二美の頬が前よりふっくらとした気がする。

「えへへ。聞いた？」

照れながら笑う妹に駆け寄ると、応接室から背の高いスーツ姿の男の人が出てきた。それは見覚えのある人で——

「あ、あなたは……」

「一華さん。ご無沙汰しております」

正のすぐ下の弟が頭を下げてきて面喰らう。もしかして、二美の恋人というのは——

「しょ、翔さん、なの？」

「うん。お付き合いしてる……ってか、この子のパパ」

お腹をさする二美が幸せそうなのはとてもいいことなのだが、信じられずにパチパチと忙しなく瞬きする。だってふたりは一華と正の結納に同席してくれたとき、お互いに「初めまして」と言っていたではないか。それから付き合っていた？　いや、二美の話ではもっと前のはず。

いつから？　――そう聞こうとした一華の声を遮ったのは、応接室からの声だった。

「一華さん、この間はどうも」

よく知った声に背筋が伸びる。

「お、お義父《とう》様、それに正さんのおじい様まで……こ、こんにちは。先日は申し訳ございませんでした。せっかくのお祝いの席を退席してしまって……」

二美の恋人が翔ならば、相手の親御さんは彼の親――つまりは正の父親となるのは当然のこと。正の父親は一華にとって義父になる人だ。パーティーの途中退席を丁寧に頭を下げて詫びる。

応接室には早乙女姉妹の両親と祖父、真嶋兄弟の父親と祖父が向かい合って座っていた。あいお銀行の頭取とその名誉会長。真嶋海運のグループ社長に経済団体会長と、錚々《そうそう》たる顔ぶれの中にはとても入っていけそうにない。

一華がおののいていると、二美がちょこんと手を引いてきた。

「来てくれてありがとう。説明するから私の部屋に来ない？」

「え？　あ、うん……でも……」

翔とのことは正直とても気になるが、みんなでこれからを話し合っていたところなのではないのだろうか？　それとも、一華が来るまでの間にもう結論が出ているのだろうか？

「いいの？」

一華がそっと耳打ちすると、二美は当然だと笑った。

「ねぇ、おじーちゃん。一華には私から話そうと思うんだけど、いいでしょ？」

「ああ、そうしなさい」

勲が腕組みをしたまま頷いている。勲には珍しい反応だ。

（あれ？　おじい様が怒っていない……？）

母親から電話が来たときには怒っていたようだったが、もう落ち着いたのだろうか？

ともあれ、二美が怒鳴られたりして辛い思いをしていないならそれでいい。

「では、わたしたちは失礼します」

一華が一礼すると、勲が腕組みをしたまま顔をこちらに向けてきた。

「ご苦労だったな、一華」

「？」

それはなにに対しての労《ねぎら》いなのだろう？　よくわからない。

(急いで来たこと、かな?)

引っかかりはしたものの、一華は会釈をして二美と一緒に彼女の部屋に向かった。翔も後ろから付いてくる。もしかすると彼もあの応接室には居辛いのかもしれない。

三人で二美の部屋に入ると、翔が嬉しそうに笑った。

「おお。二美の部屋、初めてだ。案外綺麗にしてるじゃん」

「もーっ、じろじろ見ないの」

正と翔は背格好も顔立ちもよく似ているが、決定的に違うのが目だと思う。正は切れ長だが、翔は二重でまん丸い目をしている。爽やかで、穏やかな表情をする人だ。正の弟だし、間違いなく優しい人だろう。その点ではとても安心できる。確か、結納の顔合わせのときに、弁護士をしていると聞いていたっけ。

全員でちゃぶ台を囲んでラグの上に座る。一華がまず、切り出した。

「ふたりとも、赤ちゃんおめでとう」

「ありがと!」

「ありがとうございます」

胡座をかいた翔が両膝に手を置いて頭を下げる。

「一華だから言うけど、別に順番間違えたわけじゃないからね。これは計画的デキ婚なの」

「計画的、デキ婚……？」

一華がふたりを交互に見ると、二美が苦々しい顔でちゃぶ台に頬杖を突いた。

「おじーちゃんが、私が大学卒業したら見合いさせるーなんて言うからよ。翔を連れてきても、認めてくれるわけないじゃない？　翔がどういう人かなんて、おじーちゃんは興味ないの。自分の言うことを聞くかどうかだけなんだから。私たちは絶対に反対されるってわかってるんだもの。こうなったらこっちも実力行使するしかないじゃない」

二美の言うことはおおいに頷ける。確かに勲は反対するだろう。勲は二美を早乙女の家に残して、銀行を継いでくれる婿をあてがうと豪語していたのだから。それで、計画的デキ婚となるわけか。

「そういうことか～。納得。ふたりはいつから付き合ってたの？　結構長いお付き合いなんでしょう？」

「えへへ、実はね。十八の頃から付き合ってて」

「ええ!?」

馴れ初めを聞いていくと、一華と二美は同じ大学なのだが、実は翔も同じ大学出身なのだと言う。

「私が一回生の頃に、四回生だったの。この人、一年間、語学留学していたから」

つまりは、翔、一華、二美の三人が、同じ大学に在籍した期間が一年だけあったことになる。

「知らなかった……」

「一華はサークル活動とか、まったくしてなかったもんね」

ふたりはテニスサークルで出会って、そのままずっと付き合っていたらしい。

「兄の見合い相手が二美のお姉さんだって知ったときには、正直頭が痛かったです」

「ふふふっ」

思わず笑い声が出てしまう。恋人の姉と自分の兄が見合いをするなんて、確かにそうそうあるものじゃない。彼が頭を痛めるほど悩むのも無理はないだろう。しかも、自分たちのほうが出会いが先なのだから。

「じゃあ、わたしたちは姉妹で真嶋に嫁ぐのね？　なんだか素敵。嬉しいっ」

一華が目を細めて笑うと、二美が言いにくそうに顔を歪めた。

「あのね一華……落ち着いて聞いて？　一華と正さんの婚約は、その……ナシになったの」

「えっ？」

言われた言葉の意味が呑み込めずに、きょとんと聞き返す。いや、意味はわかっていたのかもしれない。ただ理解したくなかっただけで。

二美は一華の手を取って、真剣な表情で話を続けてきた。

「私たちが結婚して、翔は弁護士だから、うちに婿に入って銀行の法務部にまわるって話も出たんだけど、お父さんが一華がいるからいいって言うの。真嶋にふたりも娘をやる必要はないって。真嶋の人もそれはそうだって……」

早乙女と真嶋の目的は、ビジネスを有利に運ぶための繋がりをキープする政略的なもの。それが達成されるのなら、政略結婚だろうが恋愛結婚だろうがどちらでも構わないのだ。つまり、二美と翔が一緒になれば、一華と正の政略結婚は必要なくなる。そして一華には別の誰かをあてがい銀行を継がせればいい。正にも会社の利益になる別の女性を——

「ま、待って……待って、そんな……わたしは正さんが好きなの、一緒にいたいの。なのに結婚はナシって……そんな勝手な……」

声が震えて、目に涙が滲んだ。サーッと血の気が引いていくのに、心臓だけがバクバクと空回りを続けている。一華は二美の手を振りほどいて叫んでいた。

「そんなのひどいよ！　わたしがいない間に、みんなでそんなことまで勝手に決めてたの!?　つぐちゃんはわたしの気持ちを知っていたでしょう!?　なのに、ひと言も反対してくれなかったの？」

「一華！」

「わたし、帰る！　正さんのところに帰るっ！」

すぐさま立ち上がった一華がドアに向かうと、二美が立ち塞がった。身重の妹を突き飛ばすなんてできなくて、ただ「そこをどいて」と言うしかない。でも、二美はどいてくれなかった。

「私が翔と一緒にいるために、一華の結婚を邪魔してるだなんて思わないで！　私だって一華を応援してた。一華が正さんのことが好きだって言うから！　でも、正さんとは別れたほうが一華のためだと思ったの!!」

「どういうこと……？」

一華が正との同棲をはじめるときに、二美がいろいろアドバイスしてくれた。確かにあのとき、彼女は応援してくれていたのだ。一華が正と結婚すれば、自分たちの結婚が思うようにいかなくなることをわかっていただろうに、それでも応援してくれていた。その彼女が別れたほうがいいと言うなんて……

咄嗟に聞き返した一華に、二美は辛そうに眉を寄せた。

「一華は正さんが好きでも、正さんの気持ちは？　正さんが一華との結婚をどう思っているか一華は知ってるの？」

「え……？」

二美の視線が翔に移ったのをきっかけに、一華も彼を見る。彼はラグの上に座ったまま、僅かに下を向いた。

「一華さんが兄に好意を持ってくれていることは、二美から聞いて知っていましたから、実はその……、一華さんとの同棲前に兄に確認したことがあるんです、『一華さんと本気で結婚するつもりなのか』って。そうしたら……その、非常に言いにくいんですが……『一華さんとの結婚は会社の利益になる』と……」

「………うそ」

「兄はああいう性格ですから、嘘は言わないと思います……」

呆気ない否定になにも言えない。正が嘘をつかないことは、一華も知っている。そして一華が二美になんでも話せるように、弟にこそ話せる本音というものが正にもあるのかもしれない。

「これを翔から聞いたのは、一華が泣いて帰ってきたあとだった。聞いたら私、正さんに一華を任せられないって思ったの。利益になるってなに？　そんなふうにしか一華のことを思ってないの？　それってあんまりじゃない！　一華はあんなに正さんを好きって言ってたのに。一華の気持ちに応える気がないのよ、あの人。それに一華、前に泣いて帰ってきたじゃない。それって、正さんに愛がないのを一華が感じたからじゃないの？　一華も本当は気付いてるんじゃないの？」

愛はあったはずだ。あの部屋に。

正はいつも「愛してる」と言ってくれていた。激しい嫉妬を見せるときもあった。

でも彼が「愛してる」と言ってくれるようになったのは、一華が頼んだからだ。会社の利益になる女が、他の男に取られたらいい気がしないのは、当然と言えば当然で——

「一華が泣いて帰ってきたのを見て、お父さんもやっぱり思うところがあったみたいよ。『一華は無理をしてるんじゃないか』って言ってた。むしろ、お父さんが強く反対してる。『一華には別の男を』って、おじーちゃんを説得してたくらいよ。いつもおとなしいお父さんが意見したものだから、今回ばかりはおじーちゃんもよっぽどだと思ったみたい。今頃、正さんにも連絡が行ってると思う」

「そ、そんな……」

へナへナと力が抜ける。勲の労いはこういうことだったのか。

一華がどんなに正を想っていても、正がこの婚約破棄を受け入れれば関係ない。

どちらか一方の想いではどうにもならないのは、恋愛結婚も政略結婚も変わらない。

その場にへたり込んだ一華の目から、ぽろりと涙がこぼれた。

◆　◇　◆

『母から連絡が来たので、ちょっと実家に顔を出してきます』

この一華からのメールを正が見たのは、仕事が終わった十七時だった。

社員たちには、就業時間中に私用のスマートフォンは使用禁止という業務命令が出ているのだから、経営陣である自分も、それに従うべきだという正の考えだ。

（ふむ。出掛ける連絡は来ても、帰宅した連絡がないから、まだ実家かな）

彼女が実家に帰るのは同棲をはじめてこれで二度目か。今回は前回のようなことは、さすがにないだろう。義妹の怒鳴り声も、留守電に入っていないようだし。まぁ、なんの連絡が母親から来たのかまではわからないが。

（さてどうするか。帰っても、まだ一華さんはいないだろう。でも会いたいなぁ……できるだけ早く、一華さんに会いたい……）

　なら、迎えに行けばいいのだ。会社《ここ》からなら、マンションに帰るのも一華の実家に行くのも、そう変わらない距離である。

会社の地下駐車場へ向かうエレベーター内で、一華へいつもの「帰るよコール」をしようとしたところで、急にスマートフォンの画面が切り替わり、着信画面になった。

正の父親からだった。

「正、今いいか？」

「大丈夫ですよ。今から帰ろうかと思っていたところでした。ストの件なら調節を指示しましたよ」

前々から怪しかった北米西海岸港湾でストライキが発生し、入港したコンテナ船が出航できず、どこの船会社も対応に追われているのだ。

真嶋海運でも臨時船を投入し、コンテナ船の運航調整をしたり、別の港に積荷を下ろしたりするはめになった。が、港湾ストライキなんて人命に関わる座礁《ざしょう》・沈没《ちんぼつ》に比べればまだ可愛いものだ。

「その件はおまえに任せるから、週明けに報告を聞こう。今は違う用事で電話したんだ」

「なんでしょう？」

心当たりはない。

地下駐車場に着いたエレベーターを降りて自分の車に向かった正は、ズボンのポケットから車の鍵を取り出した。

「おまえと一華さんの結婚だがな、白紙になった」

「は？」

思わず歩みがとまった。

ひと言出た短い声は、相当な不快感と怨嗟を含んでいて、自分でも不気味に聞こえる。ただそれでも電話の相手は怯んでくれないどころか、淡々と話を続けてきた。

「翔の馬鹿が早乙女の次女を妊娠させてな。アレが前から付き合っていた女性というのが、なんと早乙女の次女だったんだ。まぁ、ふたりを一緒にさせれば、真嶋《うち》と早乙女は縁戚だ。ちょうどいいということになってな」

目が一気に見開いて、次の瞬間には眉間に深い皺を刻みながら細まる。再び動き出した正の足は、次第に速度を増していた。

一華が実家に顔を出すと書いて寄越したメールの真意はこれなのか。

腹の奥底でなにかが沸々と滾るのが自分でもわかった。その一方で背筋が凍る。

「……それで、俺と一華さんの結婚が……白紙に？」

今の声は震えていないか？

「ああ。もう話はついている。先方の話では、一華さんには銀行を継げる男を娶《めあわ》せるということだ。幸い、この間のうちのパーティーでも一華さんを紹介した人は少ない。おまえは真面目だから、同棲してもどうせ一華さんにはなにもしてないいんだろう？　今ならどうにでもなるさ。おまえにも誰かいいお嬢さんを――」

「ふざけるな！」

父親の声に被せて、正は怒号を発していた。今まで大きな反抗もしたことのない息子の大声に、電話の向こうで息を呑む気配がしたが、無視してブチッと通話を切る。

（なんで俺と一華さんが引き離されなきゃならないんだ！）

翔と二美のことは素直に祝福したい。

翔の恋人が二美だったことや、突然の妊娠に多少の驚きはあったものの、翔がずっと同じ女性と交際していて、真嶋の男として縁談を勧められても軒並み断っていたことを知っているから、彼女を大切に愛しているんだろうとわかる。

だがそれは正も同じこと。

(俺だって一華さんを愛してる。一華さんだって俺を愛してくれている。話がついてるのは、ジジイどもだけだろ！　しかも一華さんに他の……他の男をだとぉ？)

車に乗って荒々しくドアを閉めれば、車内のルームミラーに映る人相が最悪だ。さしずめ、「この顔見たら一一〇番」。通報されてもおかしくはない。

一華はきっと、なにも知らずに実家に行ったんだろう。いたいけな彼女を、利己的な合理主義者どもが寄ってたかって閉じ込めているに違いない。

自分の処女を捧げ、正の全てを喜んで受け入れてくれた彼女が、率先してこの手の中から逃げるとはとても思えないのだ。

自分と彼女との想いは通じていたし、不器用だけどふたりで育んだ愛があった。

あの部屋で愛し合って過ごした日々が、こんな電話一本で終わってたまるものか。

正は握りしめたスマートフォンを助手席に投げつけて、エンジンをかけた。

(一華さん……今、お迎えに上がります……)

アクセルを全開まで踏み込んだ正は、鋭く前を見据え、ガリッと奥歯を噛んだ。

◆　◇　◆

「ううう……正さん……正さん……」

自分の部屋に閉じ籠もった一華は、ベッドに倒れ込んでさめざめと泣いていた。

十七時になっても、正からの「帰るよコール」がないのだ。彼はいつも電話してくれていたのに。

結婚が取りやめになった婚約者に「帰るよコール」なんて必要ない、ということなんだろう。それはつまり、この話を聞いた彼がそれを了承した、と……？

自分の左手の薬指にある天使の指輪を見つめて、唇を噛み締める。

（……そんなのやだよ……）

じゃあ、どうすればいい？　自分はどうしたい？

（帰りたいよ……正さんのとこに帰りたい……）

しかしそれは、下にいる両親をはじめ、二美もとめるだろう。こっそりと抜け出せるだろうか？　よしんば、正のマンションに帰れたとしても、「結婚の話はなしになったのだから、荷物を纏めて出ていってください」と言われたら？

ああ、悪い憶測ばかりがスムーズに頭に浮かぶ。

翔が教えてくれた正の言葉がどうにも嘘に思えない。翔が嘘をつくメリットなんてないからだ。たぶん、ではなく、確実にあの言葉が正の口から出た過去が一度はあるのだろう。

彼はとても理論的な人だ。真面目で無駄がなくて、意志が強い。

二美と翔が一緒になることで、早乙女と真嶋の関係がよくなるのなら、自分が一華と結婚する必要がないと考えてもおかしくはない気もする。

政略結婚でもいいと思っていたのは、一華が正を好きだからだ。では正は？

一緒に暮らしている中で、振り向いてくれたと思っていたけれど、それは思い上がりだったのか……

（正さん……あんなに優しくしてくれたのに……わたしのこと、愛してくれてたよね？）

『今はあなたにも利用価値があるから大事に飼っているんでしょうが、うまみがなくなればポイでしょうね』

今頃になって、御崎の言葉が蘇ってくる。

あのとき、考えることを放棄したのは、いつかこうなることを心のどこかでは感じ取っていたからかもしれない。正は義務で愛してくれているだけだと。

「いやだぁ……」

一華は枕に顔を埋めて小さく声を上げた。離れたくない。一緒にいたい。でも正が違う考えなら、彼に無理強いなんてとてもできない。愛しているから——

そうしてどれくらいの時間が経っただろう。泣きすぎた一華が疲れてうつらうつらしていると、にわかに下が騒がしくなってきた。

「——兄さん、いったい——」

「なにが最善かなんて、正なら簡単に――」

「正くんは一華を――」

（……正、さん……？）

正の名前に反応して、勝手に意識がそちらに向かう。

（下にいるみんなで、正さんの話をしているの？）

いよいよ、婚約破棄を正が受け入れたということなんだろうか？　聞きたくない。そんな話は聞きたくない。身体を丸めて耳を塞ごうとすると、覚えのある声がした。

「うるさい！　離せ!!　一華さん!?　一華さん!!」

愛しい人が自分を呼んでくれる声にカッと目を見開く。ベッドから跳ね起きた一華がドアを開けると、下でドタバタと争うような音が聞こえた。

「いい加減にせんか！」

「それはこちらの台詞だ！　当事者抜きで勝手に決めるのはやめてもらいたい！　これは俺と一華さんの問題だ。俺たちはいつも話し合ってこれからを決めていたんだ。一華さんは俺の婚約者だ。邪魔しないでもらおう」

正だ。間違いなく正だ。

（来てくれたんだ……！）

彼が直接ここに迎えに来てくれたという事実と、『俺の婚約者だ』と言い切ってくれたことに胸が熱くなって、一華は部屋を飛び出した。

「正さんっ！」

二階の手すりから身を乗り出し、階下に向かって叫ぶ。すると、自分の親族に囲まれて険悪な顔をしていた正が、一華を認めるなり表情をゆるめて、大きく両手を広げた。

「一華さん！」

気が付くと、一華は走っていた。アーチを描く階段を駆け下り、周りに人がいるのも構わずに正の腕の中に飛び込む。

正はいつものようにギュッと一華を抱きしめると、小さく頬擦りしてくれた。

「正さん……」

大好きな彼の体温だ。いつもいた腕の中にいる事実にほっとしてまたぽろぽろと涙があふれてくる。正は一華の頭を何度も撫でて、両手で頬を包み込み、一華の顔をゆっくりと自分のほうに向けさせた。

「ああ、こんなに泣いて……可哀想に……」

「正さん、正さん……うう……ひっく……」

「大丈夫。誰がなんと言おうと、僕は婚約解消なんてしませんよ。あなたを愛してるんだ。一華さんも僕と同じ考えだと思っていいですか？」

何度も、何度も頷いた。それしかできない。この人と離れたくない。

しゃくり上げながらまた抱きつく一華を、正は周りの目から隠すように抱きしめ返してくれた。

辺りがシンと静まり返って、一華の啜り泣く声だけが響く。

正はよしよしと一華の頭を撫でながら、ゆっくりと口を開いた。

「翔と二美さんの結婚を認めたように、僕らの結婚も認めてもらえませんか？」

そんな正の言葉に真っ先に反応したのは、応接室にいた一華の父だった。

「……正くんは、君は一華を泣かせたじゃないか」

はっきりとした敵意を含んだその声に、一華はハッとして顔を向けた。いつも祖父、勲に逆らわないおとなしい父親が、今は難しい表情で正を睨んでいる。

その一方で、正の親が「なんだと⁉　この馬鹿息子が！　一華さんになにをした⁉」と憤っている。

二美が『お父さんが、おじーちゃんを説得してた』と言っていたことを思い出した。

「お、お父様方、違うんです。あれは――」

泣いたと言っても、あれは些細な出来事だった。初めての経験に動揺して、こんがらがって、正が側にいてくれなかったことに寂しくなって……

一華が言いよどむと、正がそれを遮った。

「その点に関しては素直にお詫び申し上げます。確かに同棲初日に泣かせてしまいました。

あのときは、一華さんとどう接すればいいものかと、距離感を測りかねていました。その結果、一華さんを戸惑わせてしまったのは事実です。でも今は、いい関係が築けています。僕は会社の都合とかそんなものは関係なく、一華さんが大事です」

「私は一華の親として、娘を泣かせる男に嫁がせたくはない！」

「まぁ待て」

声を大きくした父親をとめたのは、祖父の勲だった。勲は腰を浮かせる婿を車椅子から片手で制して、座るように視線で促した。

「お義父さん、しかし！」

「おまえの気持ちもわかるが、一華の気持ちのほうが大事だ。そうは思わんか。んん？」

「……」

ぐっと押し黙った父親が、渋々ソファに座る。それを見届けてから、勲は視線を一華に向けてきた。

「一華。おまえは正くんをどう思ってるんだ？」

その問いに出す答えはひとつしかない。

一華は真っ直ぐに正を見つめた。

「わたし……正さんと一緒にいたいです……。好きなの……」

「……一華さん……」

正が嬉しそうにほんのりと笑ってくれる。

ふたりが手に手を取り合うと、一華の父親の肩を勲がパシンと強めに叩いた。

「だ、そうだ。本人がそう言っている。諦めろ」

「しかし！」

「くどい！　今度はおまえが一華を泣かせるのか？」

「くっ……」

父親のこぼした重たいため息を聞いて、申し訳ない気持ちになる。あの日一華が、泣きながら帰ってきさえしなければ、父親をここまで悩ませることもなかっただろうに。

「お父様……ごめんなさい……」

「謝ることはないさ、一華。おまえの幸せを思えばこそ、これも儂に意見した。それだけのことだ。儂はもともと、一華と正くんは相性がいいと思っておった。ふたりが想い合っているのなら、なにも言うことはない。真嶋はどうだ？　うちの一華では真嶋の長男の嫁には不足か？」

勲が真嶋の父親と祖父を交互に見ると、彼らも顔を見合わせて頷いた。

「どうもこうも。うちの愚息でよいとそちらがそう仰ってくれるのなら、願ってもないことだ。こちらは頭を下げるばかりだ」

（じゃあ！）

話が纏まって、一華の顔に笑みが浮かぶ。すると、正もうっすらと笑って肩を抱いてくれた。

「うわ……兄さんが……ちゃんと笑ってる……初めて見たかも……」

向かいにいた翔が目を見開いて呟いているのが聞こえて、一華がそちらを向くと、翔の隣で二美が器用に眉を上げつつ、小さく肩を竦めた。

「一華、ごめんね。私、余計なこと言ったね」

「ううん。つぐちゃんがいつだって、わたしのことを考えてくれてるの、知ってるから。つぐちゃん、ありがとう」

一華がお礼を言うと、二美は照れくさそうに目を伏せて、再び顔を上げたときには、正を見据えていた。

「一華を幸せにしてください。じゃなきゃ許さないんだから」

「ご心配なく。その辺は大丈夫です。二美さんはお腹の赤ちゃんのことだけ考えてください。遅ればせながら、おめでとうございます。愚弟をよろしくお願いします」

二美の表情がゆるむ。それを見て一華は正の手を小さく引いた。

「ん？」

正が一華を見て首を傾げる。アイコンタクトで帰りたいと訴えると、彼は頷いて手をギュッと握ってくれた。

「そろそろ僕らはお暇します」

「あら～みんなで晩ご飯を食べに行こうかと考えていたのに」

一華の母が、相変わらずのんびりとそんなことを言う。

「どうぞ皆さんで行ってください。今日の主役は二美さんと翔です。それに、僕らは僕らで、これからを話していきたいので」

正の言葉に勲が頷いた。

「そうだな。おまえたちは帰りなさい。儂らはまずは二美の今後を話さねばならん。なにせ腹がでかくなってしまう。子は悠長《ゆうちょう》に待ってはくれんぞ」

みんなの視線が一斉に二美のお腹に向かう。二美はまだ大学もあるし、大変になるだろうが、そのときは精一杯手助けをしたい。

正と共に実家をあとにした一華は、彼が運転する車の助手席で、徐に口を開いた。

「正さん……翔さんに、わたしとの結婚は会社の利益になるって言いましたか？」

「……」

正がチラッと一華を見て、また前を向く。

聞いてからずっと気になっていた。婚約破棄の話が出たにもかかわらず、一華を早乙女家に迎えに来てくれた彼だ。あんな大立ち回りを演じれば、あいお銀行の頭取である一華の父からの心証が最悪になって、取り引き解除の可能性があったこともわかっていただろう。それでも彼は一華との結婚を選んでくれた。だからこそ聞きたい。

「教えてください。正さん……」

一華がか細い声で訴えると、正は硬い表情のまま小さく頷いた。

(あ、やっぱり本当だったんだ……)

彼がそういう目で自分を見ていたのかと思うと、今は違うとわかっていても、心の一部が落胆する。

俯いた一華の手を、正がそっと握ってきた。

「利益になるのは事実です。だからこそ、うちの親も祖父も、一華さんとの見合いを許可したんですから。でもそれは、ただの建前です。俺は、弟たちに自分の本当の気持ちを話したわけではありません」

「本当の……気持ち……？」

反芻する一華を横に、彼は片手でハンドルを握ったまま、正面を見据えていた。

「一華さんは、同じ大学に翔がいたことをご存知でしたか？」

「いいえ……知りませんでした。今日、妹に初めて聞いて……」

急に話が違う方向に行った気がしたが、正に限ってそれはないだろう。一華が素直に答えると、彼はそのまま話を続けた。

「四年前、翔が卒業する年です。勇の見学も兼ねて、俺は翔の大学の大学祭に行きました。

そこで、ミスコンに出ている一華さんを見たんです」

「え？」

「ひと目惚れでした」

信号で車を停めた正が、真っ直ぐに一華を見てくる。その視線の熱さに胸がドキドキして、一華は動けなくなっていた。

「俺は一華さんを極秘に調べて、早乙女家のご令嬢だと知りました。早乙女家はあいお銀行の創業一族だ。うちは取り引き実績はありませんでしたが、ＬＮＧ船の融資を依頼して、縁を繋ぎました。そこから、三年かけてうちの親たちが早乙女との縁談を持ちかけるように誘導して――」

「え？　えっと、それは……」

「俺はひと目惚れした女性と交際したいがために、会社の利益にかこつけて見合いを画策《かくさく》するような男なんです！　一歩間違えるとストーカーですよね、すみません！　自分でも気持ち悪いんじゃないかと思っていたので、誰にも言ったことがないんです。あ、でも本格的なストーカー行為はしていませんから！　誓ってそれだけはしていません」

早口でまくし立てる正は、ますます強く一華の手を握る。まるで手が振りほどかれるのを恐れているかのようだ。

「引きました、よね？」

おずおずと聞いてくる正が少しおかしい。言わなければわからなかったことなのに、この正直者はなんでも話してしまって、そして嫌われないかを心配しているのだ。

正直すぎる男はただのエゴイストだ。でもその正直な気持ちを貫いてくれた彼に、どうしようもなく惹かれる。

一華はくすくすと笑いながら、正の手を握り返した。

「それって、正さんは四年前からわたしを好きでいてくれたってことですよね？　引くはずないじゃありませんか。嬉しいです。そんなに想ってもらえて」

にっこりと微笑むと、正の表情が柔らかくなって目尻が下がる。

「一華さん……」

正の顔が近付いてきて、お互いの唇が重なろうとした瞬間。後ろの車にクラクションを鳴らされてハッと前を見る。もう、信号が青だ。

「つ、続きは家でしましょう」

「あ、はい、家で」

一華ははにかんだ笑みを浮かべて、少し顔を俯けた。手は彼と繋いだまま——

マンションに帰った一華と正は、ふたりで海老フライを作って、一緒に食べた。食後は正の淹れてくれたコーヒーを味わって、交互にシャワーを浴びる。

そうして正と一緒に寝室に入った一華は、ベッドの中で彼の腕の中にいた。

湯上がりの彼はとてもぽかぽかしていて、いい匂いがする。抱かれているだけでも幸せで、つい饒舌になった一華は実家でのことを話して聞かせていた。

「それで、二美が言うには、ふたりは『計画的デキ婚』なんだそうです。絶対反対されるからって」

「なるほど。子供がいれば引き離されない、と」

正が髪を梳いてくれるのが心地よくて、うっとりと目を閉じる。正は一華の髪を耳にかけて、あらわれた耳をはむっと甘噛みしてきた。

「んっ」

「いい考えですね。俺たちも子作りしませんか？　もう、いるかもしれないけれど」

正が意味深に笑ってお腹を撫でるものだから、さすがの一華もカアァッと顔に熱が上がった。パーティーの日のことを言っているのだ。あのとき彼は避妊をしなかったから。

「た、正さん……」

「ね？　ずっと一緒にいられるように」

攫《さら》う様に唇が奪われる。滑らかに差し込まれる舌を吸って、一華は自分の身体の内側がズクズクと疼くのを感じていた。じんわりと脚の間が濡れてくる。この身体も彼が欲しいと言っているのか。

「わたしも、正さんと離れたくないです……」

「そう言ってもらえて嬉しいです」

正は一華の上に覆い被さり、唇を吸いながら、ネグリジェのボタンを外してきた。あらわになったブラジャーのフロントホックもパチンと外す。そんな彼の手に初めの頃にあった躊躇いはない。

一華だけに触れてくれる手が、やわやわと乳房を揉みしだき、乳首を摘まむ。甘い疼きに身を捩ると、正がしっかりと口内を舌で掻き回してから、唇を離した。

「可愛い人。俺の子を産んでくださいね」

胸を優しく揉みながら、囁かれる。太腿に猛りきった物を押し充てられて、その熱と硬さにクラクラしてしまう。あれを挿れてもらえたら、大好きな人とひとつになれる。膣内《なか》にいっぱい精液を注いでもらったら、いつかは彼の赤ちゃんができる……。そうしたら、なにがあっても引き離されることもない。

心も身体も、細胞さえもひとつになって、お互いを想い合った結晶《かたち》が残る。なんて素敵なことなんだろう。そう思ったらそれが無性に欲しくなって、一華は正に縋った。

「欲しいです……わたし、正さんの赤ちゃん……欲しいです」

正は嬉しそうに目を細めて、一華の身体を触りながら額を重ねた。

「じゃあ、たくさん子作りしましょうね」

「はい」

頷くと優しいキスが落ちてくる。正はネグリジェの裾をたくし上げて、一華の脚の間に手を滑り込ませてきた。中指でショーツのクロッチの上から、ゆったりと擦られてしまう。

「んっ」

漏れる声がいつもより甘く聞こえるのは気のせいではないだろう。

正の指が秘溝を撫で上げ、蜜口を探ってくる。少し擦られただけで、あふれた愛液を吸ったショーツが湿っていく。

一華が腰をもじつかせると、正はクロッチを脇に寄せて、横から指を入れてきた。

しっとりと濡れた花弁が開かれ、捕らえられた蕾がいやらしく嬲られる。一華は思わず正に抱きついた。

「正さんっ」

「一華さん……可愛い。すごく可愛い。俺の奥さん」

正の甘い声が絶え間なく一華を呼ぶ。ぴったりとくっついて唇を合わせるのと同時に、彼の指が中に入って一華は仰け反りながら脚を開いた。自分から、愛おしい人を迎え入れるために。

「一華さん、すごい濡れてる」

くちゅくちゅと中を掻き回されて、身体が上気する。

正はネグリジェからまろび出た一華の乳房をまあるく揉み上げて、その先を口に含んだ。

ふたつの乳首を交互に舐められ、口の中で飴のようにれろれろとしゃぶられ、指を咥えさせられた蜜口がヒクヒクと蠢く。一華の乳首を唾液塗れにした正は、一華のショーツを抜き取ると、膝裏に手を通して脚を持ち上げた。全部が丸見えになってしまう恥ずかしい格好をさせられて、ドキドキする。何度も彼に見られているのに、まだ恥ずかしい。

視線を逸らす一華のお尻を撫でて、彼はぐっちょりと濡れた花弁を左右に割り広げた。身体の中まで覗き見られているみたいだ。そう思ったら蜜口がヒクヒクして、奥にじわっと新しい愛液が生まれた。

「まだ少ししか触っていないのに、こんなにあふれさせて……」

蜜口をつんと突かれるだけで、ぴちゃんといやらしい音がする。

「んっ」

恥ずかしいのと、気持ちいいので首を竦める一華を、正が熱い眼差しで見つめてきた。

「可愛い人」

正は一華の両脚を巻き込むように両手で抱え上げて腰を摑むと、ぱっくりと開かれた一華のあそこをれろーっと舐めた。

「ぁ……」

ギュッと目を閉じた。自分の恥ずかしい処を大好きな人が舐めているところなんて見る勇気はない。でも目を閉じていても、彼の舌先がどう動いているかがわかってしまう。

花弁の一枚一枚を口に含んで、その間の割れ目を開くように尖らせた舌先が上下する。彼はため息に似た吐息を漏らして、蜜口の中に舌を挿れてきた。

「ぁは……う……んっは……ふぁ……」

指とは違う物が中を広げる奇妙な圧。彼は一華の中を舐め回しているのだ。愛液が啜られるたびに、まるで自分が味わわれているみたいで、変な感じがする。

奥がうずうずするのに、そこは舐めても触ってもらえない。でも身体は素直に悦んでいて……

(正さん……気持ちいい……)

一華が自分で口を押さえると、突然、蕾がふにっと押し潰された。

「ああっ！」

ずっくん——と、脳髄に甘美な刺激が走って、今まで我慢していた声がとまらない。あまりに気持ちよすぎて、目がチカチカする。

「んっあ、はぁぁあんっ！」

喘ぎながら涙の滲む目を開けると、正が一華のあそこに舌を挿れたまま、腰の上から伸ばした指で蕾をくにくにといじっているではないか。その光景を直視してしまい、一華は顔から火が出るほど赤面した。舌で愛撫されていることはわかっていたけれど、見てしまうとどうしても恥ずかしい。あんなにいやらしいことを正にさせているなんて。でも一度見てしまったら、目が離せない。

あまりに見すぎたせいか、不意に正の視線が上がり、ぱちっと正と目が合う。すると彼はその綺麗な顔に満面の笑みを浮かべて、一華の蕾に口付けてきた。

「ぁうんっ！」

「一華さんのココ、すごく可愛い」

「ゃ、な、なにを――」

「小さくて、ピンク色で、思わず食べたくなります」

戸惑う一華を物ともせずに、正は言葉通りにパクッと蕾を口に含んだ。コリコリとしたそこに軽く歯を当てられるだけで、ビリビリと言葉にならない快感と疼きが走ってしまう。

一華は悶えて身を捩るしかできないのに、正はどこか嬉しそうに笑いながら、そこを舐め続けるのだ。彼の舌が蕾を弾くたびに、腰が跳ねて嬌声が上がる。

「～～～っぅ、あぁんっ！」

快感がせり上がってきて苦しい。呼吸を乱され、髪を乱され、身体を乱される。中はもうぐずぐずに濡れて、溶けてしまいそうだ。太腿まで愛液が滴っている。

今は触ってもらっていない蜜口がヒクヒクしていた。中がたまらないほど熱い。

「うく、ただしさん、ただしさんっ……あついの……ふぁぁ……そんな、はぁはぁ……いっぱいなめないで……」

「ああ、可哀想に。熱いんですね？　大丈夫ですよ。今、全部脱がせてあげますからね」

正は一華の身体に纏わり付いていたネグリジェとブラジャーを取り払うと、裸でシーツを泳ぐ一華の肌を舐めてきた。乳房から肩口、首筋に浮かぶ汗も全部彼に舐め取られてしまう。

「可愛い可愛い俺の奥さん。愛してる」

正は囁きながらふたつの乳房を揉みしだき、ぷっくりと立ち上がった乳首に舌を巻き付けて強く吸ってきた。桃色に色付いた一華の肌は、正にしゃぶられ、啄まれ、赤い跡を付けられていく。

「んあっ」

肌の上を正の手と舌がくまなく這い回る。そして、時々当たる髪さえも気持ちよくて、一華は泣きながら懇願した。

「あぁ……おねがいです……ただしさん……いれてください……がまんできないの……」

ぐずぐずに濡れた身体を持て余し、こんなはしたないお願いをするなんて……恥ずかしい。でも、もう耐えられないのだ。こんなに強い、女としての欲望を感じたことはない。

「おねがいします……わたしに、ただしさんをください……なかに……」

彼の全部が欲しい。自分と引換にしてもいい。快感以上に彼が欲しい。

「あぁ、一華さん。なんて可愛いおねだりを……」

一華の身体の上に跨がった正は、慌ただしくパジャマを脱ぎ捨てると、パンパンに反り返った漲りを取り出して、一華の濡れた蜜口に生身のそれを充てがった。軽く触れただけで伝わる熱に火傷しそうだ。ぬるぬると滑りながら鈴口で蕾を突かれると、腰がピクピクと跳ねてますます濡れた。

正の漲りが一華からあふれた愛液をまとっていやらしく光る。

（はやく……はやくきて……）

「ただしさん……」

「今挿れてあげますからね」

一華が正に向かって両手を伸ばすと、彼が倒れ込むように重なってきて、ずっぷりと中に入ってきた。

「は……あああ……はぅ！」

極限まで昂められていた身体が、容赦なく貫かれて一瞬、息がとまる。ようやくひとつになれた歓びに、どちらともなく感嘆に似た声が漏れた。

「ああ……」

（きもちいぃ……）

正の両手に優しく髪を掻き回され、一華はうっとりと目を閉じた。そうしたら今度はキスが降ってくる。何度も何度も繰り返されるキスは、一華に幸せを感じさせてくれた。

「正さん……愛してます」

「俺もです。愛してます。誰よりも一華さんを愛してます」

お互いにお互いを見つめて、抱きしめて、頬を寄せ、またキスをする。ただ繋がってそうしているだけでも気持ちよくて、満たされていく。

この感情はこの人とだけ生まれて、分かち合うことができる特別なもの。他の人とは決して分かち合えない感情だ。

この人のぬくもり、重さ、匂い、肌の感触、そして愛——全部が一華に幸せをくれる。自分にとって彼がそんな存在であるように、彼にとって自分がそういう存在であれたら嬉しい。

正は一華の頬を撫で回し、キスをしながら腰を小さくゆっくりと動かしてきた。中に挿れられた物が抜き差しされ、くちくちと淫らな音を立てる。

太くて硬い正の物は、薄い膜越しとは明らかに違う熱を孕んでいて、これが生身の行為であることを一華に意識させる。

膝を曲げ、Mの字に大きく脚を開かされた一華は、繋がった処が丸見えの恥ずかしい格好のまま、柔らかな媚肉を引っかけるように擦り回され、身体の中に抗うことのできない快楽を刻まれていく。

「ん、ん……あぅん……はぁ……はぁはぁ……ひぃァ……ううんぅ……」

正は一華の乳房を揉みしだきながら腰を揺すり、唇を合わせたまま囁いてきた。

「一華さんの中……すごく熱い。ぐちょぐちょに濡れたひだひだが絡み付いてくる。気持ちいい――」

きゅっと左右の乳首を同時に摘まれて、「ひゃん」と声を漏らした拍子に、蜜路がギュッと締まる。正は一華の口の中に舌を差し込み、れろりと口内を舐め回してからまた乳首を摘まんだ。

「すごい締めつけ。一華さん……乳首が感じるんですね。触るとすごい締まります」

「ゃん……はずかしい……」

自分の身体にある性感帯を曝かれて、恥ずかしくない人間はいないだろう。一華が顔を逸らすと、正は乳首をいじりながら、よりいっそう激しく奥を突いてきた。

「駄目ですよ。目を逸らさないで。一華さんは俺を見てくれなきゃ……こんなに一生懸命にあなたを愛してるんですよ？　ほら、挿れられたかったんでしょう？　こうやって奥まで……たっぷりと」

「はぁああんっ！」

濡れた媚肉に張りの根元から先までをしっかりとしゃぶらせつつ、乳首を指で弾かれてしまう。そんなことをされて感じないわけがない。突かれて感じすぎた子宮が痺れていく。

一華の膣はヒクヒクと痙攣しながら正の張りを健気に扱き、愛液を泡立たせている。そんな膣の締まりを堪能しながら、彼は気持ちよさそうに呻いた。

「う……締まる」

「あんっ！　はぁぅん……ただし、さん……ひぁ！」

一華の乳房を揉みつつ、正はその先にむしゃぶりついてきた。ちゅぱちゅぱ、れろれろと舐めしゃぶりながら、張りを出し挿れして一華を離さない。雁字搦めにして侵し続ける。

子宮口を何度も何度も繰り返し突き上げられた一華は、快感に目を見開いて泣きじゃくった。

「ゃあああ――――！」

お腹の中が正でいっぱいになって、もうぐちょぐちょだ。気持ちよすぎて涙がとまらない。しゃぶられすぎた乳首はふたつともピンと立って、正の抽送に従ってぶるんぶるんと揺れる。

「ひ……あぁ……あぁぅ……あっあっあっ！」

「一華さんも気持ちいいんですね……すごく締まってる。可愛い……感じてる一華さん、可愛い……天使だ……」

正は乱れる一華を恍惚の表情で見つめて、独り言のように呟いた。

「俺にはあなただけです……初めて会ったときから……俺にはあなたしか見えないんです。好きです。大好きです。愛してる……だから俺を見て……俺を愛してください」

正は一華の顔を両手で挟んで自分のほうを向かせると、パンパンと奥を突き上げながら唇を合わせてきた。

「愛してる……」

息を荒げ、汗を滴らせながら愛を囁いてくれる。そんな彼の切ない声に追い縋られて、一華は震える手を彼の頬に添えた。

「わたしも愛してます……」

一華がそっと囁くと、正の眉が一気に寄って、低い声を漏らした。

「ああ――出る……出る……一華さん、一華。このまま出すよ、一華の中に」

「あぁ……ん、はい……ん、あっあっあっ、だして……ください……」

正は一華の身体に抱きつくと、獣のように腰を振りはじめた。今までも充分激しかったのに、それが一段と増す。

一華はあまりの激しさに身体がバラバラになりそうな錯覚に襲われた。バラバラになって、正とこのまま混ざり合っていきそうな、そんな感覚。

「あ――……」

ドクドクとした心臓の鼓動と重なるように、身体の中に熱い飛沫が迸る。

正は一華の身体にしがみ付いたまま離れない。ふたりで抱き合って、はぁはぁと荒い息をつく。

それが少し落ち着いたとき、どちらともなく唇が合わさった。

「一華さん……愛してる以上の言葉が見つからない自分の語彙力《ごいりょく》が歯痒いです」

そんなことを言ってくれる。嬉しくて、こそばゆくて……一華は微笑みながら彼の頬を撫でた。

「わたしも同じ気持ちです。正さん……ずっと一緒にいてください」

「もちろんです。離れたくありません」

頷いた正が唇を合わせてくれる。

生涯をこの人と寄り添って生きていきたい。惜しみない愛をくれるこの人が愛おしくて仕方ない。ふたりで一緒にいれば、どんなことも乗り越えていけそうな気がする。

(正さんと出会えてよかった)

ゆっくりと唇が離れて一華が微笑むと、少しはにかみ調子で笑った正が、ぐっと腰を入れてきた。

まだ中に埋められていた張りが、子宮口を突き上げて一華に甘い声を上げさせる。

信じられないことに、まだ硬い……

「ぁんっ」

「一華さん。ずっと一緒にいましょう。そのためにも、子作り頑張りましょうね！」

「!?」

彼は目を見開く一華を抱きしめて、また腰を振りはじめた。

「あっ！　あっ、だめ！　出ちゃう、出ちゃうの！」

注がれたばかりの精液が掻き出され、押し込まれ、まるで濁流のように蜜口からあふれてくる。

開いた下肢を精液でべちょべちょにして戸惑う一華に、正はキリッとした顔で宣った。

「大丈夫です。新しいのを中に出しますから。一華さんはたくさん感じてください。そのほうが受精率が上がるそうです」

「え!?　ああっ！」

「一華さん、一華さん、愛してます！」

(もう……正さんったら……しょうがないなぁ)

続けてはじまった二回目を、一華は困り顔で受け入れた。

この人はすごく極端だ。でもそれは、ただ愛が深すぎるだけ。

純粋なこの人の愛に、一華は喜んで溺れることを選んだ。

「わたしも愛してます……」

エピローグ

二美と翔の結婚式は三ヶ月後の秋に執り行われた。

急ではあったものの、ロイヤルパシフィックホテルの式場を押さえることができたのは、正が間に入って渡辺社長に直接打診したからだ。

「つぐちゃん綺麗～っ！　似合ってる～！　とっても素敵だよ！」

新婦控え室と書かれた扉の向こうから、一華の歓声が聞こえてくる。

計画的デキ婚をした妹のために、一華が毎度毎度式場に付き添って、ドレスを念入りに選んでいたようだから、似合って当然だろう。

そう胸中で独りごちた正は、向かいの新郎控え室のドアをノックした。

「俺だ。入るぞ」

「兄さん！」

新郎となる正のすぐ下の弟、翔がドアを開けて出迎えてくれる。

シルバーのタキシードをまとった弟は、普段よりも男っぷりが増していて、身内贔屓を除いてもいい男だ。

「似合ってるじゃないか」

「そう？　俺的には黒のほうがよかったんだけど、二美がこれにしろって言うから……」

（これは完全に尻に敷かれてるな）

普段の弟と義妹の様子からも、なんとなくふたりのパワー・バランスを察してしまう。愛する一華の妹だが、正直、反りが合わない。まぁ、それでも可愛い弟が選んだ女性だ。正はただ、歓迎するだけだ。

「結婚式の主役は花嫁だ。男は添え物なんだからそれでいいんだよ」

正は椅子に座って脚を組んだ。

「母さんの着付けに時間が掛かってるみたいなんだ。爺さんと父さんと勇は、喫茶店でお茶してる。一華さんが二美さんの控え室にいるから、しばらくここにいさせてもらうぞ」

「いいよ。職場の人たちが来てくれたら挨拶に行くけど、それまで俺も暇だから」

準備中ということもあって、式場にはまだ親族しか来ていない。

翔は正の隣に腰を下ろすと、徐に口を開いた。

「兄さん……ごめん……」

突然謝られたが、心当たりもなく「ん？」と、聞き返す。すると翔は、指を組み合わせたりしながら、歯切れ悪く言葉を続けた。

「その、一華さんに余計なこと言った……」

正が一華との政略結婚を、『会社の利益になる』と言ったものだから、それを伝書鳩よろしく二美に伝え、一華にまで話してしまったことを言っているのだろう。

正は器用に眉を上げると、椅子の背凭れに体重を預けつつ、ふっと笑った。

自分の兄が、自分の恋人の姉を『会社の利益になる』としか思っていないのに結婚しようとしていると知ったら、この心配性の弟が居ても立ってもいられなくなるのは当然だ。

（――かと言って、俺があのときに本当のことを言っていたら、それはそれで二美さんの耳に入っていたんだろうな）

四年前にミスコン会場で見た一華にひと目惚れし、極秘に素性を調べてお見合い結婚を画策するほど好きだ――と、仮に翔に話したとしよう。それを翔から聞いた二美の反応は、『やだ。キモチワルイ。お義兄さん、変態なの？　うちの一華に近付かないでくれる？』

……こんなところに決まっている。

結局のところ、正が弟に本心を言おうが言うまいが、結果は今と変わらなかったのではなかろうか。

「おまえが謝ることじゃない。実際に俺が言ったことだ。それよりおまえはこれから大変だな。お婿さん」

「ははは」

そう、翔は二美と結婚するにあたって、早乙女に婿入りすることになった。あいお銀行に就職し、法務部に入ることになっている。二美を妊娠させてしまっている以上、真嶋家に拒否権はない。翔はもともとその覚悟の上だったようだから本人的には問題ないのだろうが、正たちの父親や祖父が、涙を呑んだのは間違いないだろう。父親なんかは、夜な夜な酒を飲んでは、『いずれは翔を自社の法務部に入れようと思っていたのに、早乙女に取られた』なんてグチグチと未だにこぼしているらしい。早乙女の父親も、『真嶋の男は食わせ者ばかりだ。うちの娘をふたりとも誑かして』と言っているようだから、似たようなものだ。

二美も了承済みの計画的デキ婚とはいえ、婿入りした翔は、しばらくの間早乙女の父親からチクチクとした視線を送られることになりそうだ。それは一華を泣かせた正も同じことか。

二美は出産後、子育てが一段落したらあいお銀行に入行し、その後キャリアを積んで、自分が銀行の頭取になると宣言した。それには周囲が納得する相当な実績を積まなくてはならないわけだが、もとより跳ねっ返りのお嬢様である彼女のことだ。周囲を黙らせて、勲以上の経営者になるかもしれない。孫娘の婿ではなく、孫娘が銀行を継いでくれると言うのだから、勲の喜びもひとしお。父親がグチグチ言っていても、早乙女と真嶋の繋がりは、姉妹のお陰で強固なものになりそうだ。

「まぁ、二美がいるから大丈夫だよ。――あ、聞いたよ兄さん。御崎汽船と共同でやる会社の株を九割兄さんの個人所有にしたって？」

「ああ」

一華の件で御崎にちょっかいを掛けられて腹を立てた正は、御崎が共同経営の件を公表前に吹聴していたことを彼の親にチクリと嫌味まじりに言ってやったのだ。

『口の軽い方がいらっしゃると、機密保持の観点から見ても今回の共同経営はちょっとリスクが高いですね。こちらから提案したことでなんですが、考えさせてもらえますか？』と。今の海運不況を自力では乗り越えられない御崎は、あっさりと三男を役員から下ろしてきた。そして平等な共同経営だったはずのところを、真嶋の方針に従うからと、株を勝手に明け渡してきたのだ。

「向こうが九、一でいいって言ってきたんだ」

「いや、たぶん兄さんが怖かったんだと思うよ？」

「そんなわけあるか。一華さんが『素敵』と言ってくれる爽やかな笑顔で交渉したぞ」

自分の笑顔がコンプレックスだった正だが、一華がやたらと褒めちぎってくれるお陰か、自然体で笑えるようになった気がする。最近では積極的に外でも笑顔を振りまいているくらいだ。

「あ、うん、勘違いしてるところ申し訳ないけど、一華さんが側にいないと、兄さんの笑顔は不気味なままだからね？　猛烈に脅し掛けてる感じになってたんじゃないかな」

「……」

なんだって？

正が無言になったところで、コンコンと控え室のドアがノックされた。

「翔兄～。正兄そっちにいる？」

勇だ。

「いるよ」と、ドアを開けると、そこには勇だけでなく、正の両親や祖父もいた。

「二美さんの支度ができたからお越しくださいって、あちらのお母様が仰ってくださったの。お式がはじまっちゃうとお話できないし、今のうちに」

「わかった」

翔を先頭に、ずらずらと真嶋一同が花嫁の控え室へと入る。

「まぁまぁまぁ、綺麗な花嫁さんだこと」

「二美……綺麗だ……」

翔が感激しきって言葉をなくしている。

部屋の中央に置かれた椅子に座った二美は、ドレープのかかった純白のウエディングドレスに身を包み、珍しくはにかんだ笑みを浮かべていた。横にいる一華は、桃色の振り袖を着て、あれこれと妹の世話を焼きながらも嬉しそうにしている。

普段は一華と二美が似ているとは思わない正も、さすがにこうして並んでいるふたりを見ると、やっぱり姉妹だなぁなんて思ってしまう。

(まぁでも、翔には悪いが、一華さんのほうが綺麗だな)

「つぐちゃん綺麗でしょう?」

ぴょっこりと隣に来た一華が、誇らしげに見上げてくる。正にとっては口うるさい義妹でも、彼女にとっては自慢の妹なのだ。それがわかっている正は、大きく頷いてみせた。

「ええ。とても綺麗ですね。翔は果報者です」

「ふふふ」

「俺としては一華さんのウエディングドレス姿も楽しみなんですけれどね?」

こそっと耳打ちすると、一華の頬がぽっと染まる。彼女がもじもじしながら繋いでくる手を握り返して、正はほんのりと微笑んで徐に口を開いた。

「えー。皆さんお揃いなので、ちょっとこの場をお借りして話があるんですが……」

正の声に早乙女家、真嶋家の全員が反応し、視線を向けてくる。一華だけが恥ずかしそうに下を向く。そんな中で、正は彼女の腰を抱いて自分のほうに引き寄せた。

「僕らも子供ができました。三ヶ月後にまたここで式を挙げたいと思っていますので、よろしくお願いします」

「ええっ!?」

「きゃあっ！　おめでとう！　一華～！」

翔の驚きの声と、二美の歓声が同時に湧き起こる中、両家の父親たちの目と口が、あんぐりと開く。母親たちはというと、もう前々から結婚が決まっている正と一華の子供ということと、二美の妊娠で免疫がついたのか、歓迎ムードだ。

「あらあら～。一華もおめでたなのぉ～？　じゃあ、来年はふたりも赤ちゃんが生まれるのかしらぁ？」

「同い年のいとこになるわけね。素敵！」

「あ、ありがとうございます」

一華がお礼を言う一方で、「正兄……子供の作り方知ってたんだ……」と呟く勇に翔がげんこつを喰らわせているのが目に入る。

「お義姉さんも座ってください。大事な身体なんですから」

「ありがとう。翔さん」

翔が一華に椅子を運んで来てくれる。

そんな中で、正の父親の絶叫が控え室に響き渡った。

「お、お、お、おまえもか――ッ!!」

あとがき

「童貞って可愛いですよね」と担当編集氏に話したら、「それは趣味ですか」と言われた作者の槇原《まきはら》まきです。この度は今作をお手に取っていただき本当にありがとうございます。

私はデビュー作でも童貞ヒーローを書いているくらいの童貞好きでございます。ちなみに、唐揚げにレモンはかけない派です。

ハイスペックなスーパーダーリンも初めは皆童貞。

好きすぎてたまらないヒロインとの初夜をワクワクドキドキしながら、そして時には不安に駆られながら待つヒーローを書いてみました。ヒロインもヒロインで処女なもので、なにかとスムーズにはいきませんが、初々しくて可愛い二人になった気がしています。

イラストを担当してくださったのは、アオイ冬子《ふゆこ》先生です。とても可愛らしいヒロインは私のイメージ通りです。ヒーローの澄ました顔も大好きです。お忙しい中お引き受けくださって本当にありがとうございました。

担当氏をはじめ、本作を書き上げるにあたってご尽力いただきました皆様に、心から感謝申し上げます。そして応援してくださる読者の皆様に、最大級の感謝を——

またお会いできる日を夢見ております。

Opal

潔《けっ》癖《ぺき》な理《り》系《けい》御《おん》曹《ぞう》司《し》だと思《おも》ったら、夜《よる》はケダモノでした。

オパール文庫をお買い上げいただき、ありがとうございます。
この作品を読んでのご意見·ご感想をお待ちしております。

ファンレターの宛先
〒102-0072　東京都千代田区飯田橋3-3-1
プランタン出版　オパール文庫編集部気付
槇原まき先生係／アオイ冬子先生係

オパール文庫＆ティアラ文庫Webサイト『L'ecrin《レクラン》』
http://www.l-ecrin.jp/

著　者——**槇原まき**（まきはら まき）
挿　絵——**アオイ冬子**（あおい ふゆこ）
発　行——**プランタン出版**
発　売——**フランス書院**
〒102-0072　東京都千代田区飯田橋3-3-1
電話（営業）03-5226-5744
　　（編集）03-5226-5742
印　刷——誠宏印刷
製　本——若林製本工場

ISBN978-4-8296-8327-9 C0193